成长故事综编
CHENGZHANG GUSHI ZONGBIAN

赌谁先生气
DU SHUI XIAN SHENGQI

知识达人 编著

成都地图出版社

图书在版编目（CIP）数据

成长故事综编 . 赌谁先生气 / 知识达人编著 . — 成
都 : 成都地图出版社 , 2017.1（2021.5 重印）
ISBN 978−7−5557−0559−8

Ⅰ . ①成… Ⅱ . ①知… Ⅲ . ①阅读课－中小学－课外
读物 Ⅳ . ① G634.333

中国版本图书馆 CIP 核字（2017）第 023100 号

成长故事综编——赌谁先生气

责任编辑：向贵香
封面设计：吕宜昌

出版发行：成都地图出版社
地　　址：成都市龙泉驿区建设路 2 号
邮政编码：610100
电　　话：028−84884826（营销部）
传　　真：028−84884820

印　　刷：固安县云鼎印刷有限公司
（如发现印装质量问题，影响阅读，请与印刷厂商联系调换）

开　　本：710mm×1000mm　1/16
印　　张：8　　　　　　　字　　数：160 千字
版　　次：2017 年 1 月第 1 版　印　　次：2021 年 5 月第 4 次印刷
书　　号：ISBN 978−7−5557−0559−8
定　　价：38.00 元

目录

赌谁先生气

一个穷人在临死前，叫来他的三个儿子，乔万尼、菲奥雷和皮罗洛，分给他们每人一袋钱，让他们想办法养活自己。父亲去世后，老二菲奥雷决定自己先去找点儿活干。第二天，他拿起那袋钱，拥抱了两个兄弟后就出发了。走啊走，快到晚上时，他遇见了一个神父。神父告诉菲奥雷，他很想找一个人替他干点儿活。"不过，"神父又说，"我们各自准备好一袋钱，只要我们两人中谁先生气，就把钱给对方。"菲奥雷点头同意了。

第二天早上，他来到地里，照着神父的吩咐开始翻地。从早上一直干到中午，还没见一个人来给他送饭吃。他只好饿着肚子，继续干活。到了傍晚时，神父家的女仆才提着篮子慢慢地走到他的跟前。

菲奥雷气得两眼直冒火，很想大骂她一通，但一想到和神父的那个约定，便忍住了。他把手伸进女仆提来的那个篮子里，掏出一口锅和一个酒瓶。他想打开锅，但锅上的盖子仿佛涂了水泥一样，封得紧紧的，怎么也打不开。他气得把锅扔在了地上。

女仆说："我们把盖子封得这么紧，是怕苍蝇飞进去。"菲奥雷只得抓起酒瓶，但瓶口同样封得很紧。他气得大声叫道："你去告诉神父大人，我这就去找他理论！"

女仆回到家，得意地对神父说："很顺利，大人！他已经气昏了头！"

不一会儿，菲奥雷来了，他还没进屋，就已经站在那儿破口大骂。"难道你不记得我们事先的约定了吗？"神父笑着问。

"让这个约定见鬼去吧！"菲奥雷气冲冲地说完，卷起铺盖，把钱袋扔给神父走了。神父和女仆忍不住笑个不停。

菲奥雷又气又饿地回到了家，把事情的经过跟他的两个兄弟说了。大哥乔万尼决定自己也去试试。于是，他也来到神父那儿。但他也像菲奥雷那样，输掉了自己的那袋钱。

皮罗洛在三兄弟中年纪最小，他说："二位哥哥，就让我去试试吧！"他左磨右磨，两个哥哥只好让他去了。他来到神父家，神父对他说："我有三袋钱，我用三袋钱跟你那一袋钱赌，谁先生气，谁就输钱。"

皮罗洛点头同意了。到了早上，太阳还没升起，皮罗洛就开始干活了。中午时，他照样没看见任何人来送饭。快到天黑的时候，才看见女仆慢悠悠地提着篮子给他送晚饭来。他从篮子里拿出封死盖子的锅，不慌不忙地用锄头打破盖子，喝掉了里面的粥，然后拿起酒瓶，又用锄头敲掉瓶颈，喝掉了里面的酒。

皮罗洛回到神父家，问："大人，明天我还要干什么？"神父让他把一百头猪赶到集市上卖掉。

第二天早上，皮罗洛赶着一百头猪来到集市，他把九十九头猪都卖了，但在出手前先割下了每头猪的小尾巴。他带着九十九根猪尾巴和剩下的一头大肥猪往回走。快到神父家门口时，他挖了好多个坑，每个坑里都埋上一根猪尾巴，让尾巴尖都露出地面，然后又挖了一个大坑把那头大肥猪埋了进去，让它的尾巴也露出一点在外面。

3

　　等一切都弄好了，他跑去把神父叫来说："我赶着猪来到这里，突然它们在我跟前全部陷了下去。你看，只有尾巴还露在外面！"神父立即动手去拉，可每次都只拉到一根尾巴，而皮罗洛却拉出了那头大肥猪。神父刚想发火，但一想到赌钱的事儿，便忍住了。

　　第二天，神父又让皮罗洛赶一百只羊到集市上去卖。皮罗洛卖了九十九只羊，只留下一只腿有点瘸的羊。他带着那只羊走到昨天那个地方，爬上树，把羊绑在了树梢上。回到家，皮罗洛对神父说："我带着羊群刚经过这儿，只见它们一下子都飞到了天空中，只有那只瘸腿的羊，想跳上去，但没成功，便留在树梢上。"

　　神父气得满脸通红，像一只火鸡，但还假装镇静的样子说："嘿，那就随它们去吧！"

　　回到家，神父对皮罗洛说："我现在没什么活干了，你走吧！""什么？"皮罗洛说，"不是说好到布谷鸟叫的季节才辞退我吗？""说得对，"神父强忍着怒火，咬着牙说，"那我们就等布谷鸟叫吧！"

傍晚时，神父叫女仆杀了一只鸡，他拔下鸡毛粘在女仆的身上，又把自己身上那件肥大的黑风衣给女仆披上。"只要到了屋顶你就可以放声大叫了！"神父叮嘱她。女仆点了点头，找来一个梯子，吃力地爬上了房顶。风把她身上的鸡毛吹掉了很多，黑风衣也滑了下去。倒霉的女仆只能一动不动地趴在上面，用沙哑的声音大声叫道："布谷！布谷！"

　　"唉，我好像听到布谷鸟的叫声了。"神父装出一副无可奈何的样子，对皮罗洛急忙说道。"是吗？"皮罗洛跑进房间，拿起猎枪，打开窗子，瞄准在房顶上唱歌的那只"大鸟"。"砰"的一声，全身披着鸡毛的女仆中了弹，笨重地从房顶上滚了下来。

　　神父这一次再也忍不住了，大吼道："皮罗洛！滚出去！我永远也不想见到你了！""为什么？你生气了，神父大人？""是，我生气了！""那么，请您把那三袋钱付给我，我马上走。""我宁愿把所有的东西给你，也不愿意再看到你一眼！"神父咬牙切齿地说。就这样，皮罗洛带着四袋钱和卖猪、卖羊赚到的钱，快活地回到了家。

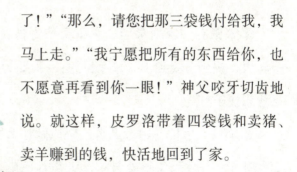

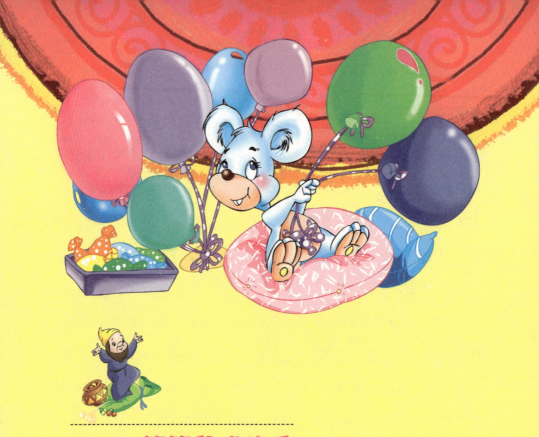

笨笨鼠找快乐

　　笨笨鼠有一家糖果店，它每天忙呀忙，没有一点儿时间休息。一转眼，快乐节要到了，笨笨鼠想："我要为大家做一件好事，让自己快乐快乐！"

　　笨笨鼠一边忙一边考虑自己应该做什么样的好事。"卖气球了！卖气球了！"跳跳兔骑着自行车大声地吆喝。笨笨鼠眼睛一亮，它叫住跳跳兔，说："你好！兔子老兄，你的气球我全要了！"

　　跳跳兔可高兴啦，一连说了三声"好"。笨笨鼠的家顿时变成气球王国了，上百个气球一下子就把糖果店挤得满满的。

然后笨笨鼠拿出好多好多五颜六色的糖果，一颗颗地系在气球下面。所有的气球全都系好了糖果后，它又打开窗户，将气球全放飞出去。蓝蓝的天空下飞满了系着五彩糖果的气球，小动物们全都跑出来看热闹，到处都是快乐的笑声。

　　这时，风停了，气球一个接着一个地落下来，小动物们跳起来，伸手接住了，然后咂巴着小嘴，津津有味地吃起糖果来……后来，小动物们都说，这真是一个有趣的快乐节。不过啊，最最快乐的，还是笨笨鼠。你看，它连睡觉都在笑呢。

小袋鼠取皮球

　　小袋鼠不仅是草原上的跳远冠军，还特别喜欢踢皮球。有一次，袋鼠与小伙伴在空地上踢皮球。大家你争我抢，正踢得起劲的时候，却不知是哪个小伙伴胡乱踢了一脚，皮球"咕噜咕噜"滚进了一个地洞。大伙儿一窝蜂地涌了过去。呀！洞里没有一点儿光，漆黑一片，什么也看不见。

　　"大家让一让，我来取皮球！"小猴子趴下身体，把手臂伸到了洞里，使劲地摸呀捞呀，可洞太深了，它的手够不着皮球。

　　这时，小象气喘吁吁地跑过来，把长鼻子伸进了洞里，它使劲

地弄啊搅啊，虽然摸到了皮球，可滑溜溜的皮球就是不听话，说什么也不肯出来。

"这可怎么办？没了皮球，怎么玩啊？"大家着急起来。

"有了！现在我们马上回家，各自端一盆水来。"就在大家都焦急万分的时候，小袋鼠突然有了主意。虽然大伙儿都不明白它的意思，但看到小袋鼠胸有成竹的样子，还是照着做了。

不一会儿，小伙伴们就端着一盆盆水赶来了，小袋鼠将水咕嘟咕嘟地灌进了地洞里。不久，皮球就慢慢地浮了上来。大家看了，都欢呼了起来："小袋鼠太棒了！"小袋鼠呢，摸摸脑袋，谦虚地说："这都是我从书上学来的呢。"

扮狗的狼

在大森林里，一只狼掉到了陷阱里，它怎么跳也跳不出来。这时，一只老山羊从陷阱边走过，狼急忙叫住了老山羊："嘿！好朋友，能把我拉出来吗？"

老山羊往陷阱里看了看，问："咦，你是谁呀？怎么跑到猎人的陷阱里去了啊？"

狼见老山羊不认识自己，就装出一副既老实又可怜的样子，说："我是一只忠诚老实的狗啊，难道你不认识了吗？""你真的是狗吗？为什么我觉得你的眼神和狼没什么区别呢？"老山羊说。

狼听了，连忙半睁着眼睛说："因为我是狼狗，所以有些地方像狼，你一定要相信，我是一只名副其实的狗。"

老山羊还是犹豫不决，不停地往后退着。狼实在无法忍受了，它咧开嘴，露出满口锋利的牙齿，咆哮起来："你这个老东西，干吗往后退？你想丢下我就走了吗？"

老山羊看到狼锋利的牙齿，立即明白了："哼！你这只凶狠的狼，我看见你的尖牙齿了。去年这个时候，你狠狠地咬了我一口，害得我差点儿就没命了，我可永远都记着呢。"

"噢！好心的老山羊，请你不要生气。你现在不是活得挺好吗？你是世界上最好的羊，一定不会见死不救的，救救我吧！"狼说完，开始发出凄惨的呜咽声。

老山羊才不会相信狼骗人的鬼话，捡起路边的石头就向狼砸去。骗人的狼没挣扎几下就一命呜呼了！

男孩和熊宝宝

离村子不远的山中居住着熊妈妈和熊宝宝，熊妈妈每天到村子里来偷鸡偷羊，有时还袭击行人。有一个牧童自告奋勇去劝说熊妈妈。熊妈妈和熊宝宝住在一间荒废了的牧人住过的木头房子里。小男孩悄悄走近小木房，从缝隙往里看，发现熊妈妈不在，就大胆地敲门了。

"嘿，你一个人在家，难道不想和我玩玩游戏吗？"小男孩冲着熊宝宝大声说。

熊宝宝一个人在家本来就不好玩，他当然高兴啦！小男孩趁着熊宝宝玩得开心的时候，又说："我妈妈给我讲了很多故

事，你想不想听？"

于是，小男孩给熊宝宝讲起故事来。故事一个比一个有趣，当讲到精彩的地方时，小男孩突然闭口不讲了。

"讲呀，快讲下去！"熊宝宝请求说。

"不，我该走了。"男孩说，"如果你妈妈回来见到我，会吃掉我的！"

为了听到故事，熊宝宝把男孩藏在阁楼上。熊妈妈回来了，熊宝宝请求妈妈不要伤害他。熊妈妈同意了。小男孩从阁楼上爬下来，每天给熊妈妈和熊宝宝讲故事。他讲了动物和人类友好相处的故事，讲了好的行为得到好的结果的故事。熊妈妈感动了，再也不去袭击村子了。

山羊伯伯开商店

从前，动物们买东西，必须走好远好远的山路去城里才行，十分不方便。因此，山羊伯伯便在山脚下开了一家百货商店。

一天，长颈鹿来到商店，山羊伯伯热情地问："长颈鹿，想买点儿什么呢？""噢，山羊伯伯，秋天到了，秋风吹到脖子上，凉凉的，一点儿也不舒服，我想买条围巾。"长颈鹿说。

山羊伯伯点点头，跑去抱来一大堆五颜六色的围巾，长颈鹿试来试去，可一条也不合适。怎么会这样呢？原来啊，长颈鹿的脖子好长好长，山羊伯伯店里的围巾都太短了。长颈鹿没有买到合适的围巾，很不

高兴。山羊伯伯忙说："长颈鹿，别着急，别着急，我去工厂给你订做一条很长很长的围巾。不过，围巾到底要做多长呢？得先量量你的脖子哦。"

于是，山羊伯伯吭哧吭哧地搬来梯子，爬到梯子上，量出长颈鹿的脖子的长度。然后，它又把尺寸拿到工厂。长颈鹿终于有了一条很长很长的漂亮围巾，它的脖子再也不会受凉了，长颈鹿高兴极了。

一只河马来到山羊伯伯的商店，山羊伯伯笑着问："河马，想买点儿什么呢？""山羊伯伯，我想买只口罩。"河马说。于是，山羊伯伯抱来一大堆各种各样的口罩，但没有一只合适。怎么会这样呢？

原来啊，河马的嘴巴太大了，店里的口罩都太小了。没有合适的口罩，河马拉着脸不高兴了。

山羊伯伯忙说："别急，我到工厂给你订做一只大大的口罩。来，先量量你的嘴巴有多大，才知道口罩要做多大。"山羊伯伯找来一根长长的尺子，围着河马的大嘴巴量了量。工厂立即为河马做了一只好大好大的口罩，河马开心极了。

寒鸦学老鹰

老鹰的家安在高高的悬崖上，它每天都要在空中来回盘旋，捕食地上的动物。一天，老鹰正在空中翱翔，突然发现一只迷路的小羊正在草原上慌乱地奔跑，它看准时机，俯冲下去，将小羊抓了个正着。然后，老鹰挥舞着翅膀，高兴地飞回家，美美地饱餐了一顿。一只寒鸦正好看到了这一幕，馋得口水直流，心想：我和老鹰都长

着一双翅膀，为什么它能抓羊吃，我寒鸦就不行呢？我就不信我的本事会比不上老鹰。于是，寒鸦也学着老鹰的样子，展开翅膀飞到很高的空中盘旋。老鹰见了，大笑着劝它不要模仿自己，免得惹来麻烦。可寒鸦怎么会听呢，它还以为老鹰是怕自己太厉害了呢！

　　一天，寒鸦看到牧民正赶着一大群绵羊赶路，立即兴奋起来。它对自己说："今天我要好好儿显示显示自己的本领，给大家看看。"它睁大眼睛，选来选去，终于看中了一只最肥最大的绵羊。寒鸦缩好翅膀，将嘴巴对准那只绵羊冲了下去。就在它快接近目标的时候，绵羊只是把身子轻轻一挪，就让寒鸦扑了个空，一头栽到了地上。它两脚朝天，还不停地划来划去，就像一个会动的萝卜。绵羊们看着这只可笑的寒鸦，全都"咩咩"地笑开了。

农夫和仙女

　　从前，大山深处住着一个农夫，他非常孤独。因为他脸上长了一个大瘤子，样子怪吓人的，所以人们都不愿意和他交往。

　　有一年冬天，农夫上山砍柴。在路上，他遇见一只被狼咬伤的兔子。本来农夫完全可以把兔子拿回家，美餐一顿。可善良的农夫并没有这样做，而是把兔子带回家，找来草药为兔子敷伤口。没过多久，兔子就恢复了健康，又能像原来一样活蹦乱跳了。

　　农夫高兴地把兔子抱进怀里，苦笑着说："小兔子，如果你能

和我永远在一起生活就好
了。"谁知农夫话音刚落，
奇迹发生了。

只见小兔子跳到地上，
变成了一位美丽的姑娘。
农夫见了，吃惊得后退了
好几步，愣在那里一动也
不敢动。这时，姑娘开口
说话了："好心人，不用害
怕，我是天神的女儿。那
天，我变成一只兔子来人
间游玩，没有想到，一不小心被狼咬伤了。多亏你救了我，还敷好
了我的伤口。所以，我希望能和你永远在一起生活。"

可农夫却摆着手说："不行，不行，我太丑了，怎么能和你一起
生活呢？"姑娘笑了笑，用手轻轻地在农夫脸上摸了摸，那个大瘤
子立刻就不见了。从此，农夫和仙女便在深山里过上了快乐而幸福
的日子。

狐狸和鸡鸭鹅

一只母鸡在森林里找虫子吃，一颗橡子落在她头上。"救命！救命！"她大叫起来，"天塌下来了！我必须向我丈夫通报。"于是，她急急忙忙找到大公鸡。

"你怎么知道的？"大公鸡问。

"我亲眼看见的，我的头还被砸了一下呢！"

大公鸡相信了，它们带着一群小鸡拼命地跑。

"你们一家子要去哪儿？"鸭妈妈问。当得知天要塌下来的消息，鸭妈妈赶快与丈夫带着一群小鸭急匆匆地跑。

"天快塌了，快逃命啊！你们想等死吗？"鸭妈妈看见大公鹅带着一家子正悠闲地散步，着急地说。

大公鹅也带着母鹅和他们的孩子拼命地跑。一边跑还一边叫："救命啊，救命啊！"

鸡、鸭、鹅三家在逃跑的路上，遇见了一只灰狐狸。

"喂，喂！"灰狐狸问，"天气这么好，你们急匆匆地往哪里去？"

"天快塌下来了，我们要逃到安全的地方去！"

"你们怎么知道天要塌下来呢？"灰狐狸好奇地问。

"我在林子里找虫子吃，天从上面掉下来，砸在我的头上。"母鸡回答。

"哦，我明白了，"狐狸说，"你们跟我走吧，我有个安全的地方。"

于是，狐狸把鸡、鸭、鹅三家带到他的狐狸窝里。从此，人们再也没见过他们，倒是灰狐狸长得肥肥的。

长着老鼠脑袋的蝙蝠

一天，蝙蝠大伯过生日，将蜻蜓母子请到家里来作客。小蜻蜓以前从来没见过蝙蝠大伯，所以它一进门连忙躲到妈妈的身后，小声地问妈妈："妈妈，你怎么带我到老鼠家里来了啊？"

谁知道，这句话被耳朵灵敏的蝙蝠大伯听到了，蝙蝠大伯不高兴地说："我怎么会是老鼠呢，老鼠是专门偷东西的大坏蛋，而我却是吃害虫的能手。"

蜻蜓妈妈听了，也忙对小蜻蜓说："是啊，蝙蝠伯伯和我们蜻蜓一样都是吃害虫的，它可不是老鼠哦。"小蜻蜓虽然点了点头，但看着蝙蝠大伯的老鼠脑袋还是不太相信。

在生日宴会上，客人们都很开心，餐桌上的食物很快就要吃完了。

这时，蝙蝠大伯站起身，说："大家等我一下，我马上去为大家捉点好吃的回来。"小蜻蜓很想知道蝙蝠大伯到底是怎样捉虫子的，就悄悄地跟了出去。只见蝙蝠大伯拍着翅膀左右开弓。不一会儿，就抓了一大群害虫，蚂蚱、天牛、象鼻虫……什么都有，真是太厉害了。

小蜻蜓忙跑过去，给蝙蝠大伯道歉，并希望能跟着蝙蝠大伯学习捉害虫的本领。蝙蝠大伯听了，愉快地答应了小蜻蜓的请求，一起飞回了家。

大牙和小牙

野猪大牙和小牙是兄弟。一天，它们不小心掉进了猎人的陷阱，被猎人关进了一间用石头砌成的猪圈里。猎人准备在过年的时候，把它们做成美味。

"哥哥，我好怕。"小牙靠在大牙的身边，全身颤抖着说。

"弟弟，不要怕，只要我们能跳过这道石墙，就可以回家了。"大牙望着高高的石墙对弟弟说。

它们每天跳啊跳啊，不知试了多少次，就是跳不过去。渐渐地，小牙灰心了，气喘吁吁地说："哥哥，看来我们是逃不出去了。还不如省点力气，多吃点东西。"

哥哥生气地说："如果你多吃猎人的东西，就会变胖的，到时候就跳不过这道石墙了。"小牙不仅不听，还和哥哥争吵了起来，再也不理哥哥了。从此，小牙变了，它每天一吃完猎人给的食物，就呼呼大睡，而大牙仍然坚持着跳墙练习。

　　日子就这么一天天过去了。一天，哥哥又叫弟弟起来练跳墙，可胖乎乎的弟弟连站起来都成问题了，哪里还有力气跳墙啊。哥哥无奈地摇着头叹了口气，一跃跳过了石墙，逃进了森林。

　　而贪吃的小牙呢？最终成了猎人的美食。

种萝卜

　　春天来了，奶奶给了维科一把种子和一把铁锹。奶奶说："孩子，你把这些种子种到地里去，会有意想不到的收获。"

　　维科对"收获"并不是很感兴趣，他只是想知道小种子种下去会长出什么。维科问奶奶："这是什么菜籽啊？"奶奶并不回答他的问题，而是笑着说："它自己会长出来的，到时候你就知道了。"奶奶又告诉维科怎么翻地，怎么埋籽儿。维科全听明白了，于是拿着铁锹到院子里。很快，他就把所有的种子种到了地里。

第二天一大早，维科就爬起来往院子里跑，急着看菜籽儿发芽了没有。菜籽儿当然不会那么快就发芽，维科很失望。奶奶说："多浇一点儿水，菜籽儿很快就会发芽的。"这真是个好主意，维科立刻干了起来。就这样坚持了许多天，田畦里长出了许多绿芽。

秋天到了，院子里绿油油的一片，叶子底下的大萝卜钻出了地面。维科终于知道自己种的是什么了，他高兴地在院子里跳了起来："原来是大萝卜呀！"

这天晚上，奶奶给维科熬了萝卜牛肉汤，可真香呀！维科一边吃一边说："自己种的萝卜就是好吃！"

小熊的闹钟

　　笨小熊上学老爱迟到。马老师很生气，说："你怎么总爱迟到，再这样就罚你扫地了。""老师，我早上怎么也醒不了呀。"笨小熊委屈地说。小猴子悄悄地对笨小熊说："小熊，你去买个闹钟吧，我们都有一个。""呵呵，这倒是个好主意。"笨小熊高高兴兴地来到无人售货商店。

　　"诚实牌闹钟，十元一个，太好啦，我就买这个。"说完，笨小熊从兜里掏出钱来一数，呀，只有九元，这可怎么办啊？

　　"少一元就少一元吧，"笨小熊把钱放进收款箱，"虽然有那么一点点不诚实，可是不会有人知道的。"

　　晚上，笨小熊给闹钟上好弦，说："朋友，明天早上一定要叫醒我哦。"

　　第二天，阳光照在笨小熊的脸上，他睁开眼睛一看，坏啦，又迟到了，"都怪你，还叫诚实牌呢。"笨小熊嘟囔着。笨小熊放学回来就把闹钟拿到了修理店，山羊叔叔在闹钟上哒哒敲了几下，说："我检查过了，闹钟没有问题。"

　　"不可能！"笨小熊刚说完，忽地想起自己少付钱的事，脸一下子红了。"我，我……"笨小熊急忙拿起闹钟跑到无人售货商店，把一元钱放到了收款箱里。从那天起，笨小熊上学再也没有迟到过。

蚕姑娘

桑树上住着一个胖乎乎的蚕姑娘。它长得就像一条软软的虫子，一点儿也不讨人喜欢。蚕姑娘难过极了，它一边嚼着桑叶，一边想：我要造一座小房子，安安静静地住在里面，不再让人们看见我。于是，它吐出细丝，包住了自己的身体。

渐渐地，蚕姑娘造出了一座白色小屋。它躺下了，躺在自己造的小屋里。还有什么比这更舒服呢？它感到很疲倦，很疲倦，于是在小房子里慢慢地进入了梦乡。细雨绵绵，轻风柔柔。蚕姑娘的梦做了整整十五天。哇，多美的梦呀！它真想一直这样做下去，永远不要醒来。

可是，它现在有一种想出去的愿望。这个小屋太小

太闷了。它想：长得难看有什么关系？让别人去说吧，我不怕！我要开一扇窗，让外面的阳光照亮我的小屋。我要开一扇门，出去呼吸呼吸新鲜空气。

于是，它咬破了自己的小屋。阳光透进来，照在它的身上。咦，它觉得自己变了，身上多了一对漂亮的翅膀。它扇动着翅膀飞出了小屋，飞向了灿烂的天空。

"哇，这里有个蛾子！"它听见有个小孩在叫。"我会飞了！"它开心极了，扑扇着翅膀，大声喊着飞向一座五彩缤纷的花园。

噪音国

在一个遥远的地方，有一个噪音国。噪音国里的人，说话吵吵嚷嚷，敲门乒乒乓乓，睡觉呼噜呼噜。街上到处是嘎嘎叫的鸡鸭，警察吹哨又尖又刺耳。

噪音国国王有个被宠坏的儿子——亨利王子。亨利王子总是一手敲盆，一手敲锅，嘴里吹口哨，双脚踩地板。他最喜欢把从垃圾箱里搜集来的破铁筒、罐头盒堆得老高老高。一只哑着嗓子整天喵喵叫的老猫，让这些破烂垮下来，发出丁丁当当的杂音。虽然这样，可是他还想弄出更大的噪音。他对国王说：

"爸爸，我想命令全国每个人都在同一时间拼命喊叫，弄出世界上最大的响声。"

国王高兴极了，他的儿子多么聪明啊！于是，噪音国的每个公民都接到了这个通知。

有一个人对妻子说："在同一时间一齐喊叫，我们只能听见自己的声音，怎么才能听到别人的喊声呢？"

"到那个时候，我们只张开嘴不出声不就能听到别人的声音了吗？"妻子说。

这个好主意很快从夫妻俩那里传开了。这一天终于到来了。全国的人都聚集到广场上，等着那一刻的到来。国王和亨利王子站在城楼上观看。

10，9，8，7，6，5，4，3，2，1……到了。好静啊，噪音国第一次那么安静。只有一个人在叫，他就是亨利王子。人们第一次听到小鸟的歌唱，风摇动树枝的声音……从此，噪音国的人们变了。他们轻声谈话，小心关门……人人爱这个国家，再也听不到噪音了。

北极熊的长尾巴

很久以前，北极熊的尾巴不像现在这么短，而是长长的。当北极熊在冰上走路的时候，拖着的尾巴像洁白的婚纱长裙，很漂亮。

一只狐狸一直嫉妒北极熊的尾巴，它常想："如果北极熊没有那么漂亮的尾巴，就数我的尾巴最美了。"

这年冬天很冷，河水的表面都结了冰，狐狸看见北极熊走过来，想了一个坏主意。狐狸故意大声说道："噢，又钓上来一条大鱼，好香啊！唉，又吃完了！"

北极熊闻声跑来，忙问："哪儿来的鱼呀？这么冷的天！到处都结冰了。"

"办法是有的，就看你愿不愿去做。你只要把河面上的冰砸一个洞，把尾巴放下去，等感到有什么东西夹住你，你的尾巴动不了了，你把尾巴使劲拉出冰面，大鱼就钓上来了。"狐狸说。

"你钓的那条大鱼就是用这种方法？"北极熊觉得这种方法怪怪的，问了一句。

"当然是啦！你看，我的肚子吃得圆圆的。"狐狸故意鼓胀着肚子，咂咂嘴巴。

北极熊谢过狐狸，在冰上砸开一个洞，把尾巴伸进洞里。好冷！北极熊冷得直哆嗦。慢慢地洞口结冰了，北极熊以为是钓着大鱼了，就用尽全身力气一拉。哎哟，疼死了！北极熊的尾巴给活生生地拉断了，剩下短短的一小截。从此，狐狸每天扬着火红色的尾巴得意地走来走去。

小小蝴蝶花

　　一朵小小的蝴蝶花开在明媚的春光里，开在绿绿的青草地上。小小的花瓣，淡淡的，没有牡丹、玫瑰花那样鲜艳夺目。

　　可是，它最能留住春姑娘的脚步，无论开在哪里，都会热热闹闹，春意盎然的。

　　很久以前，蝴蝶花其实是一朵美丽的小神花，它开在高高的山岗上，非常美丽、鲜艳。

　　有一天，白色的云朵从空中飘过，对它说："小神花，你是多么漂亮啊，把你鲜红的颜色送我当胭脂吧？"

　　"好呀，红色全部送给你吧。"小神花愉快地答应了。

　　小神花把自己全部的红色送给白云，白云飘到天边变成了一团火红的朝霞。

后来，它又把蓝色都送给了海洋，把青色送给山峦，把绿色送给草地。

它送完了所有的颜色，自己却变成了一枝白色的小花。

一天，哗啦啦地下起大雨来，一只小蝴蝶受了伤，掉在了地上，小神花弯下柔弱的身子，把小蝴蝶紧紧搂住，不让它淋到一滴雨。

雨停了，太阳出来了，小蝴蝶从它温暖的怀抱中飞了出来。

呀，小蝴蝶发现，自己翅膀上的花纹全印到小神花的花瓣上了。

"小神花变成蝴蝶花啦！"小蝴蝶高兴极了。

月亮种果子

　　从前，月亮是个大胖子，它的肚皮又圆又大，怎么吃也吃不饱，每天都不停地叫："饿呀，饿呀……"它最喜欢吃云彩，云彩有好多种不同的味道呢。比如：白云是奶油味的，乌云是葡萄味的，朝霞是橘子味的，晚霞的味道最好，是樱桃、柠檬和苹果的混合味。白天为什么看不见月亮呢？因为它正躲在自己的小屋子里吃东西呢。

　　月亮把家里所有的东西都吃光了，又去翻墙角的小箱子，不久它翻出一个小果子来。这次它可没有马上把果子塞到嘴里去，而是咽了咽口水，说："我要把它种下去，等结出许多许多美味的果子再吃。"

于是，月亮把果子埋进了夜幕里，跑到雨大妈那里借了一桶水来浇。咦，小种子长出小芽，又长成了一棵小树苗，开出几朵粉嘟嘟的小花，然后结出好多青青的小果子。

　　月亮忍不住尝了一个，哇，真酸，果子还没熟呢。月亮等呀等，等了半个月，圆圆的肚子都变瘪了。果子终于熟了，月亮一下子全吃光了，肚子又变得圆鼓鼓的了。

　　然后，月亮开始等待树上再次结出果子来，这下，它的肚皮又要一点一点地瘪下去了。所以，直到现在，月亮还是有时候胖有时候瘦的。

伊凡王子和火鸟

　　从前有一个国王，他有三个儿子，最小的一个叫伊凡。国王有一座富丽堂皇的花园，花园里长着一棵苹果树，树上结满金苹果。有一天，一个卫兵报告说金苹果被人偷了。国王派人四处侦查，没有结果。国王很忧愁。

　　三个儿子对国王说："父王，你不要忧愁了，我们亲自去看守花园。"

　　三个儿子轮流看守花园。大儿子从傍晚到午夜，睁大眼睛看守着树上的金苹果，守了半天，一个人影也没发现。

他困极了，躺在青草地上呼呼大睡起来。第二天早晨，金苹果又少了。国王问他："你看见偷金苹果的人没有？""没有。我睁大眼睛看了一个通宵，可是一个人也没有看见。"

第二天晚上，二儿子去看守花园，他想：反正哥哥也没看见，我也说没看见。他干脆睡了一个晚上。早晨，他对国王说没有看见小偷。

该三儿子看守了。伊凡王子守着花园，四处查巡，听到响动赶快看一下，疲倦了就哼哼曲子。午夜的钟声敲响了，花园里闪过一道亮光。伊凡王子跑去一看，一只闪着火焰颜色的火鸟正坐在树上啄苹果。伊凡轻轻地爬上苹果树，捉住了火鸟。奇怪的是，火鸟很温顺地依偎着他，翅膀下藏着一封信。

伊凡把火鸟与信交给国王，国王看了信后哈哈大笑："我忠实的儿子，火鸟是邻国的信使，它带来一个好消息：邻国要和我们国家结成友好联盟。它怕我们不能发现它，就啄了金苹果。你干得很漂亮！"

让诺的神笛

有一天，一位善良的农妇正在揉面。桶底还剩了一点儿面粉，她想："我就给我的儿子让诺烤一块蛋糕吧！"农妇烤了一个金灿灿、香喷喷的蛋糕。她把儿子叫到跟前，把蛋糕给了他，让他和别的孩子一起上街玩去了。

让诺坐在马路上吃蛋糕。这时候，正好有一位走路摇摇晃晃的老婆婆从他身边走过。"你好，孩子！你的蛋糕能给我尝尝吗？"老婆婆对他说。"你喜欢我妈妈烤的蛋糕，就全拿去吧！"让诺说。"谢谢你，好心的孩子。"老婆婆接过蛋糕，吃掉了。

老婆婆从背包里拿出一根长笛，送给让诺："这个长笛是我的传家宝贝，拿去玩儿吧，说不定哪天会帮助你。"让诺向老婆婆道了谢，待她走后，拿出长笛吹了吹。呵，多么美妙的笛声！更奇妙的是，经他一吹，周围的一切动物和人都跳起舞来。笛声的节奏快，他们就跳得快；笛声的节奏慢，他们就跳得慢。原来，这是一支神笛！

"有这么一件宝贝，我就可以周游世界了。"让诺沿着大路向城里走去，不久，来到一座城堡。城堡里住着一位公主，长得很美，让诺一见公主就爱上了她。于是，他向公主求婚。

国王说："让诺，你知道吗？我的女儿只嫁给最聪明的人。现在我交给你一项任务：明天，你带上十二只白兔和十二只黑兔，不许系任何绳子，把它们带到田野和森林。如果你能在太阳落山之前把它们都带回城堡，就可以娶我的女儿。你愿意接受这个挑战吗？""愿意！"让诺的声音很响亮。

第二天，让诺带领十二只白兔和十二只黑兔出发了。一路上，他吹起了神笛，兔子们跟着他边走边跳舞，走过原野和森林，又回到了城堡。国王很吃惊，因为以前没有谁能一只不少地带回这些兔子。于是，他认定让诺是最聪明的人，就放心地把女儿嫁给了他。让诺住进城堡，和公主幸福地生活在一起。

踩老鼠夹的老虎

　　善良的老婆婆养了满满一院子的鸭子。一天，老婆婆杀了一只最大最肥的鸭子，准备煮给儿子吃。就在这时，突然来了一只老虎，它张着血盆大口对老婆婆说："快给我一只鸭子吃。"老婆婆吓坏了，忙把手里的鸭子递了过去，老虎一口就把整只鸭子吞了下去。

　　老虎还不满足，一只接着一只，不停地要。直到院子里只剩下一只鸭子的时候，老婆婆再也不愿意给了，因为她想留下一只给儿子。老虎见老婆婆很不情愿的样子，就恶狠狠地说："不给我鸭子吃，晚上我就来吃了你！"说完，老虎大摇大摆地走了。

　　没过多久，老婆婆的儿子回来了，他见妈妈在哭泣，就问："妈妈，你为什么这么伤心啊？""山上有一只老虎，吃光了我的鸭子，还说晚上要来把我也吃掉！"

　　儿子听了，想了想，立即有了主意，他让妈妈到屋里去拿几个老鼠夹子，放在大门口的地上。老婆婆觉得奇怪，问："儿子，你这是干什么啊？""等晚上老虎来了，您就明白了！"儿子一边说一边把妈妈搀进屋里。

　　晚上，老虎果然来了，它刚走到老婆婆的门口，就被地上的老鼠夹子夹得"哇哇"直叫唤，它不敢往前走了，只得忍着痛逃回山里去了。

　　从此以后，老虎再也不敢来打搅老婆婆平静的生活了。

玩水浇瓜记

　　山脚下有一条小河，山坡上是狐狸的西瓜园。好长时间，天不下雨，西瓜地里的瓜秧快渴死了。可挑水浇瓜的活很累，狐狸去请这个又叫那个，谁也不愿到它那里干活。后来，狐狸在山脚下建起了游乐园。游乐园里有跷跷板、高空缆车、音乐转盘……

　　高空缆车像架水车，小猴子第一个爬上去，他在上面一跑，大轮子就转了起来。小牛一见挺好玩的，纵身一跃便蹿了上去，追着小猴子跑呀跑，大轮子飞快地转呀转。熊猫哥俩一上一下高兴地玩起了跷跷板。

　　梅花鹿、小白兔、小棕熊……一群小伙伴围着音乐转盘，有的推，有的拉，一推一拉，大转盘不但转起来，还放出好听的音乐。山坡上，狐狸却忙着浇西瓜。

　　"不是谁都不愿意干活吗？这水——"小白兔眨眨红眼睛，想不通。狐狸说："只有傻瓜才去河里挑水。"

　　那么，这些水是谁替狐狸运来的呢？原来，游乐园里的高空缆车、音乐转盘都成了狐狸的水车，跷跷板也变成了它的提水机。

　　"哗啦啦！"河水伴随着伙伴们欢快的笑声悄悄地从管道流进了狐狸的瓜园里。

　　没精打采的瓜秧痛痛快快地喝足了水，别提多精神了。狐狸望着绿绿的瓜秧开心地笑了。

小蜜蜂报恩

一天，一只小蜜蜂哼着小曲儿，正在花丛里乐悠悠地采着花粉。采着采着，它发现来了一只体格强壮的大黄蜂。

这个家伙见小蜜蜂弱小，便飞过去抢它的花粉。小蜜蜂毫不示弱，和大黄蜂争斗起来。可惜小蜜蜂力气实在太小了，自己辛辛苦苦采来的花粉还是被可恶的大黄蜂抢走了。这不，它的翅膀也受了伤，痛苦地躺在地上，再也飞不动了。

这时几只小蚂蚁从这里路过，它们发现了小蜜蜂，急忙把它抬

回家去。小蜜蜂伤心地哭着说："求求你们别吃掉我，妈妈还等着我回去呢。""小蜜蜂，不要害怕，我们不会吃掉你的。等你养好了伤，我们一定会送你回家的。"小蜜蜂听了，心情这才平静下来，连声向小蚂蚁道谢。

没过几天，小蜜蜂就在小蚂蚁的细心照料下，恢复了健康。从此，它又可以像以前一样，在花丛中自由自在地飞行穿梭了。

小蜜蜂回到家后，并没有忘记救过自己的小蚂蚁，它时时刻刻都铭记着小蚂蚁的恩情。有一天，小蜜蜂特意为小蚂蚁送去了满满的一罐蜂蜜，说："小蚂蚁，这些新鲜的花蜜是我特意为你们送来的，希望你们收下它。"

小蚂蚁们听了小蜜蜂真诚的话语，愉快地收下了这份珍贵的礼物。

贪心的财主

从前，有一个财主，非常富有，光金元宝就有整整一箱子呢。但他是个十足的吝啬鬼。每次早上出门的时候，他总要拿几个放在身边才踏实。晚上还要不停地数啊数，数完才会心满意足地去睡觉。

一天，财主正在屋子里清点金元宝，被长工撞了个正着，他立即捂住元宝，将长工赶了出去。他担心长工偷自己的金元宝，趁着天黑，跑到后院挖了一个深坑，将一箱子元宝埋了进去。之后，他又在上面踩来踩去，直到确定没人能发现，才一步三回头地进屋去了。

　　这年夏天，大雨下个不停，发起了大水。镇上的居民全搬到山上去了。可财主还忙着挖他的金元宝呢。当洪水就快要把他淹没的时候，好心的长工跳下去，把他救了上来。但是财主不但不感谢，还冤枉长工要偷他的元宝。长工非常生气，扔下财主独自走了。

　　到了晚上，财主饿坏了。这时，财主看见一个年轻人正在吃玉米饼，忙从衣兜里拿出一个金元宝说："臭小子，今天算你走运，我用一个金元宝换你的玉米饼。"谁知，年轻人连看也不看，对他说："金元宝又不能当饭吃，我不稀罕！"财主一听傻眼了。不到三天，贪心的财主就抱着金元宝饿死了。

老鼠报恩

在非洲大草原上，有一只狮子正在打盹儿。一只老鼠从他身边经过时，把狮子头上的毛当成了草，在里面沙沙地走了起来。

狮子吼了一声："谁？竟敢打搅我的美梦！"一把就把老鼠抓住了。"你这只小小的老鼠，正好当我的午餐！"狮子得意地狂笑。

"求你饶过我吧！我有七个孩子在家里等着我呢。再说，我这么一只小小的老鼠，也不够你塞牙缝呀！"老鼠边哭边说道。

　　"你是七个孩子的母亲？我也有妈妈。好吧，我放了你。"狮子说。"谢谢你，我会报恩的。"老鼠说。"你这么小怎么可能报恩呢？别开玩笑了，快走吧！"狮子说。

　　几个月后的一天，狮子一觉醒来感到很饿，就出去找吃的。他在一棵大树下发现了一块肉。"哈哈！我真走运！这下可以美餐一顿了！"他正要叼那块肉，突然被一张大网罩住了。狮子使劲挣扎，却怎么也挣脱不了那张网。

　　"狮子先生，你怎么啦？"几个月前被狮子放走的那只老鼠带着她的七个孩子从这儿路过，看到这种情景，她惊讶地问。网里的狮子一副羞愧可怜的样子，不敢看老鼠和她的七个孩子。

　　"狮子先生，什么也别说了。来呀，孩子们，爬上网把网咬断，救出狮子先生。"一群老鼠爬上了网，用尖利的牙齿咬了起来。

　　不一会儿，网被咬开了。"谢谢你，老鼠太太！原谅我以前小看你了，看来任何一种卑微的生命都会有它的价值的。对不起！我得走了，因为猎人快来了。"狮子诚恳地说完，匆匆走了。

笨熊分面包

　　熊妈妈有两个孩子，长得又胖又笨，妈妈就叫它们大笨和小笨。有一天，大笨和小笨手拉着手一起出去玩。在路上发现一块香喷喷的面包。只有一块面包，怎么吃呢？大笨怕小笨多吃一点儿，小笨也怕大笨多吃一点儿。

　　"上街买一把尺子、一把刀，平均分开，一点儿也不多，一点儿也不少。"大笨说。大笨和小笨一道上街，到狐狸开的文具店里去买尺子，买刀。

　　"你们买尺子和刀子干吗？"狐狸问。

　　"分面包呀。"大笨说。

　　"你看这么大的面包！"小笨举起面包给狐狸看，狐狸一看那黄灿灿的面包，口水都快流出来了。

　　"我来给你们分，保证比用尺子和刀子分得均匀。"狐狸的坏主意来了，它接过面包，一下分成两半。

　　"不行！不行！一块大，一块小。"大笨和小笨叫了起来。

　　"你们别着急，瞧，我把大的那块儿咬一口。"狐狸张大嘴巴把大的那块咬了一大口。

"不行！不行！大的变小了！"大笨和小笨又叫起来。

狐狸又咬一口先前小的那块，就这样，这块咬咬，那块咬咬，面包只剩下蚕豆那么小了。

"现在，面包分均匀了，拿去吧！"狐狸说。

"谢谢你！公平的狐狸。"大笨和小笨接过一丁点儿面包，高高兴兴地回家了。

黄牛家的农场

黄牛和狐狸是一对邻居，它们分别经营着两个农场。

每天，天还没亮，黄牛就开着拖拉机到农场，为庄稼浇水、施肥、锄草。收获的季节到了，它的仓库堆得满满的。狐狸却很懒惰，每天等到太阳晒到屁股它才起床，在田里胡乱地撒点儿肥料就收工了。收获的时候，它还抱怨说，老天对它不公平。

一天，狐狸趁黄牛去城里买肥料，偷偷开着黄牛的小飞机将草种撒到了黄牛的农田里。没隔几天，农田就长出许多杂草来，让黄牛忙得团团转。当黄牛好不容易把杂草清除干净，狐狸又悄悄开着小飞机到处撒草种。庄稼越长越慢，杂草越来越多，黄牛找来猴博

士。猴博士看了，拿出一瓶专门用来对付杂草的除草剂，撒到一小块庄稼地里。没等几天，奇怪的事情就发生了：杂草全都枯死了，而庄稼却一点儿损伤也没有。黄牛看到这一结果，像得了宝贝似的，忙去开自己的小飞机，准备给整个农田都洒上，可不管怎样找，也找不到小飞机的踪影。

就在这时，突然不远处传来一声巨响，黄牛连忙赶了过去看，原来是自己的小飞机栽在地里，浑身冒着烟。当它看到露在飞机外面的狐狸尾巴和散落在地上的草籽时，黄牛才明白，这一切都是狐狸干的坏事。

小鸽子找朋友

冬天，小鸽子独自待在家里，突然想念起森林里的好朋友们了。于是，小鸽子拍了拍翅膀，高高兴兴地找它们去了。小鸽子唱着欢快的歌谣，来到小棕熊家。"咚咚！"小鸽子轻轻敲响了小棕熊家的门，喊道："棕熊哥哥，我是小鸽子呀！"

可小鸽子等啊等，等了好久，也不见小棕熊来开门。这时，它透过窗户，看到小棕熊正在屋子里"呼哧呼哧"地睡大觉呢。小鸽子又飞到小刺猬家，可小刺猬也没有动静。小鸽子好奇地伸出脑袋去看个究竟，只见小刺猬团成一个小皮球，一动不动地缩在被窝里呢。

　　小鸽子没有办法，抹了抹额头上的汗珠，又向小青蛙家飞去。它飞到小青蛙家，发现小青蛙也躺在床上呢。这时，小鸽子有点着急了，为什么大白天，它们都不起床，难道是生病了吗？于是，它忙飞到森林医院里，将这件事情告诉给了啄木鸟医生。

　　啄木鸟医生听了，笑呵呵地对小鸽子说："它们没有生病，而是在冬眠呢。在刚进入冬天的时候，它们就把肚子吃得饱饱的，做好了过冬的准备。这样它们就算一个冬天不吃不喝，也不用担心自己被冻死和饿死。到了第二年的春天，它们就会醒来，和以前一样生活了。"

　　小鸽子听了，笑着点了点头，准备等到明年春天的时候，再和大家一起玩。

小公鸡美丽吗

　　小公鸡长了一身漂亮的羽毛，大大的尾巴，头戴一顶红红的帽子。它可得意了，整天在小动物面前晃来晃去，希望大家都夸一夸它。

　　小公鸡问青蛙："青蛙青蛙我美吗？"青蛙说："对不起，我忙着捉虫子，没有时间欣赏你的美丽。"小公鸡问小鸽子："鸽子鸽子我美吗？"鸽子说："对不起，我正在送信呢，没有时间欣赏你的美丽。"小公鸡问小蜜蜂："蜜蜂蜜蜂我美吗？"蜜蜂说："对不起，我

赶着把花粉送回去酿蜜，没有时间欣赏你的美丽。"

小公鸡伤心了，回家问鸡妈妈："妈妈妈妈，我的羽毛多美呀，可为什么大家都不夸奖我？"妈妈说："大家都忙，没时间夸奖你，你不要太在意，再说，光长得美有什么用，大家喜欢爱劳动的孩子。"

从此以后，小公鸡义务当起了小闹钟，每天天刚蒙蒙亮，它就用歌声告诉大家："喔喔喔，天亮了，起床了，干活吧。"一缕晨曦照在小公鸡的身上，它的羽毛更美了，像天上的朝霞；鸡冠更红了，像朝霞里的太阳。大家第一次被小公鸡的美震撼了。小青蛙说："谢谢你，小公鸡，你的羽毛太动人了。"小鸽子说："小公鸡，你的嗓音真响亮。"小蜜蜂说："小公鸡，谢谢你叫醒了我，你的鸡冠太美了。"小公鸡想，妈妈的话真有道理，美丽是因为劳动而美丽。

小熊布布力气大

一天，布布想吃比萨饼，熊妈妈在厨房里正忙着。突然，布布看到妈妈在流眼泪，布布着急地跑到妈妈身边，拉着妈妈的围裙说："妈妈，谁欺负你了？布布力气大，会保护你的。"熊妈妈用手绢擦着眼泪对布布说："布布，是洋葱……"妈妈的话还没说完，布布抓起菜板上的半个洋葱朝窗外扔去，妈妈着急地说："妈妈刚切了一半，布布怎么就把洋葱扔了？"布布生气地说："洋葱让妈妈哭了，洋葱不是好东西。"

正在这时候，在院子里整理蜂箱取蜂蜜的熊爸爸，捂着一只眼睛

62

跑进来，连声叫："好疼，好疼。"布布赶紧让爸爸坐在沙发上，拍着胸口对爸爸说："爸爸，谁欺负你了？布布力气大，我来帮助你。""我正在院子里取蜂蜜，突然有半个洋葱砸在我眼睛上……"布布还没听完就跑到院子里去了。

布布在院子里找呀找，找到半个洋葱，布布用小熊掌把洋葱踩得一塌糊涂，嘴里还不停地说："看你还敢不敢欺负我爸爸妈妈，哼！布布力气大。"

熊爸爸熊妈妈趴在窗户边笑得东倒西歪，妈妈说："布布力气真大，爸爸眼圈都给弄青了，妈妈也没洋葱做比萨饼了。布布，还想吃比萨饼吗？"

"想啊！"东折腾西折腾，布布的肚子饿了。

"那你就出去买个洋葱回来好吗？"妈妈说。

"啊？"布布这才明白自己好心办了错事，不好意思地接过钱跑了出去。

猩猩的礼物

　　再过几天，猩猩的好朋友小绵羊就要过生日了。猩猩正在商店里忙着挑选礼品呢。到底送什么样的礼物好呢？猩猩看着满架子的商品想。最后，货架上的火腿肠吸引了它，这是猩猩平时最爱吃的食物，小绵羊一定会喜欢的。想到这里，猩猩急急忙忙买了一袋火腿肠回到了家。

　　到小绵羊过生日那天，小猴子为小绵羊送来了满满的一篮子青菜；小山羊带来了一背篓鲜嫩的树叶；小灰熊抱着一捆青草……

　　猩猩看到大家送来的全是草啊菜啊之类的东西，心里暗自嘲笑着，它认为自己送的火腿肠才是最好的。当猩猩笑呵呵地将火腿肠送给小绵羊时，小绵羊一下子愣住了，但它还是收下了猩猩的礼物，并很有礼貌地说了谢谢。

　　过了几天，猩猩又到小绵羊家玩，意外地发现自己送给小绵羊的火腿肠还放在桌子上。它纳闷了，便问小绵羊原因，小绵羊无奈地对猩猩说："我们绵羊只吃植物，不吃肉的。"猩猩听了，立即说："可火腿肠是我最喜欢的食物啊。"小绵羊听了，笑了笑，说："你喜欢的东西，不一定别人就喜欢呀。"猩猩想了想，拍着脑袋终于醒悟过来："哎呀，我真糊涂啊！"小绵羊听了，和猩猩一起笑了。

蝙蝠为什么只出现在黄昏

很久以前，森林里住着兽类和鸟类，兽类之王是狮子，鸟类之王是老鹰。为了抢夺猎物，扩展各自的地盘，它们经常打仗。

有一次，兽类和鸟类发生了战争，战斗进行得很激烈，蝙蝠看到兽类要打赢了，就跑到狮子面前说："大王，您看我有牙齿，有爪子，是您的同盟，让我加入您的队伍，和您一道英勇战斗吧！"

　　蝙蝠加入了狮子带领的兽类队伍。仗打赢了，它和兽类一起笑着露出尖牙齿欢呼。不久后的一个晚上，鸟类趁兽类睡着的时候，偷偷发起进攻，兽类一点儿准备都没有，被打得七零八散。

　　蝙蝠看见了，连忙跑到老鹰跟前，说："大王，您看我跟您一样有一对翅膀，我也是鸟类，让我和您一道去追赶那些胆小的兽类吧！"

　　蝙蝠加入了老鹰带领的鸟类队伍。仗打赢了，它和鸟类一道扇着翅膀庆贺。

　　后来，狮子和老鹰都感到这样打来打去没多大意思，就和好了。有些鸟儿还和兽类交上了朋友。和好的当天晚上，兽类和鸟类一起举行了一场联欢会，它们发现蝙蝠是一个左右两边倒的家伙，就把它驱除出各自的队伍。蝙蝠也觉得不好意思和大家见面，就独自生活在阴暗的岩洞里，等到了黄昏，所有的鸟类和兽类都回屋了，大地安静下来的时候，才敢出来活动。

间谍史上的奇迹

女间谍哈丽猴奉命去"接近"敌军司令部的机要官莫尔猪将军，窃取他保管的激光坦克设计图。莫尔猪将军是一个特别好吃的猪大爷。哈丽猴天天给他送牛奶，做吞拿鱼三明治，渐渐地成了莫尔猪将军离不开的大厨师。哈丽猴很快就发现在一幅古典油画后面有一个保险柜，但不知道保险柜的密码是多少。

一天晚上，哈丽猴把安眠药放在苹果派里，莫尔猪将军吃下后，很快睡着了。她先是用极快的速度试拨了一些号码，但她很快就明白了不能采取这样的笨办法。

哈丽猴想，莫尔猪又笨年纪又大，他靠什么记住密码锁上的六个数字号码呢？她焦急地朝房间里四处望去，当她看到墙上的挂钟时，她突然想到密码是数字，钟面上也有数字，莫尔猪将军很可能靠钟来记密码。她又发现，钟早就停了，时、分、秒三枚针所指时间是 9 点 35 分 15 秒。93515 才五个数字，还差一个数字，在她差一点儿就要放弃这一努力时，脑子里闪过一个念头：晚上 9 点不就是 21 点吗？把 9 换成 21，怀着兴奋的心情，她在密码锁上按 213515 这六个数字，只听"嗒"的一声，保险柜打开了，哈丽猴创造了间谍史上的奇迹，顺利地完成了任务。

老虎照哈哈镜

有一天，老虎捉住一只小猫，张开大嘴巴，想把它一口吞下去。"你为什么吃我呀？放了我吧，我们长得多么相像，何必相互残杀呢？"小猫告饶说。

"这还用问，因为我大，你小；你是猫，我是虎。"老虎哈哈大笑起来。

"嗯？明明是我大你小，怎么会是你大我小？一定是你想吃我想得眼花了。不信，我们到街上卖镜子的地方照一照镜子，看谁大谁小。"小猫说。

　　老虎从来没照过镜子，觉得很好奇，就跟着小猫来到卖镜子的商店。小猫让老虎站在镜面凸起来的镜子前，自己站在镜面凹进去的镜子前，老虎往镜子里一瞧，吓了一大跳。自己又矮又小，像只小兔子；再看小猫照的那面镜子里，小猫又高又壮，威风极了。

　　"天啊！我真糊涂，长得这么小，躲都来不及，居然敢吃猫。"老虎越想越害怕，忙讨好猫说："你看我们长得这么像，本来就是一家人，刚才我说吃你，是开玩笑的。"

　　老虎赶快逃走了，小猫在它身后愉快地唱起歌来："哈哈镜，真稀奇，凸起来，凹进去。大的变小小变大，老虎变成小兔子。"

向着太阳飞去

代达罗斯是古希腊最优秀的发明家，著名的迷宫就是他发明的。他有一个儿子，叫伊卡罗斯，从小向往像鸟儿一样飞上天空。飞上天空？不就是造一双翅膀！代达罗斯最喜欢做的事就是实现各种各样的奇思妙想。他带着儿子收集了一大堆大小不一的羽毛，用丝线把它们连接在一起，用蜡固定，做成了四个巨大的像海鸥一样的翅膀。

终于有一天，天气晴朗，父子俩绑好翅膀，扇动，飞起来了……房子变小了，像小孩子玩的积木；

田野变小了，像父子俩下棋的棋盘。"记住，亲爱的儿子，不能靠近太阳，太阳的光热会把蜡烤化的。"代达罗斯反复叮咛儿子。"知道了，爸爸！"伊卡罗斯答应得很快。他们飞过大海时，伊卡罗斯看到白帆点点的辽阔海面，海鸥在他身下飞来飞去，他兴奋极了，把父亲的忠告抛在脑后，向着太阳越飞越高。"回来，你飞得太高了！下来，下来！"父亲焦急地呼喊。

可是，伊卡罗斯已经听不见了，他离太阳越来越近，翅膀开始变软，羽毛一根根脱落，散落在天空。伊卡罗斯快速地往下坠……最后坠入大海，消失在海浪之中。海面上是海鸥凄惨的叫声和代达罗斯的哭泣声……

小乌龟的梦

从前，有一只可爱的小乌龟，最喜欢在天晴的时候爬到石头上，一边晒太阳，一边观看别的动物做游戏。有一天，当小乌龟爬到大石头上享受阳光的温暖时，一只小羚羊跑过来了，一会儿，一只狐狸也跑过来。原来，狐狸和羚羊正在捉迷藏，羚羊跑，狐狸追，玩得非常开心！

小乌龟想："要是我能像它们一样奔跑，那该有多好。可是，我背上的甲壳太重了，压得我想跑也跑不动。"小乌龟看到前面的几棵树上，一只猴子跳过来跳过去。一会儿爬到这棵树上，一会儿跳到那棵树上，那么轻松，那么舒展。

小乌龟想："要是我能像那只猴子一样爬到树上，

那该有多好啊！我就能看得远远的。"可是乌龟不会爬树。

在树上跳来跳去的猴子，把一只小鸟吓了一跳。小鸟从树上飞到大石头上，对小乌龟说："那猴子多讨厌，一会儿也不安静，不停地跳，把我吵死了。"小乌龟想："要是我能像小鸟一样在空中翱翔该多好啊。"可是乌龟怎么能飞呢？这时，一只小白兔蹦蹦跳跳地过来了。"小乌龟，你在想什么呀？"小白兔问。

小乌龟一看，原来是只奇特的小白兔，它眼里闪着金光，手里还拿着一只金色的棒子，耀得人睁不开眼睛。"我是一只神兔，能满足所有人的愿望。"小白兔说。"真的？"小乌龟感到好运降临了。"不过，我每天只能满足一个动物的两个半愿望。"小白兔说。"你能选我吗？"小乌龟问。"当然。我今天就是选中了你，才来到你的身旁的。"小白兔说。"那太好了！我希望我背上没有甲壳。"小乌龟说。"这好办。"只见小白兔像魔术师一样，把手中的金棒在小乌龟的背上挥舞了两下，小乌龟背上的甲壳果真不见了。

小乌龟顿时觉得轻松了许多，它从大石头上跳下来，跑了跑，还真行，比以前跑得快了许多。它想："我马上就可以和狐狸、羚羊比赛跑步了。"

　　突然，小乌龟又看见了天空中飞翔的小鸟，于是，它对小白兔说："我还想飞呢。"于是，小白兔又将金棒在它身上挥舞了两下，嘿！小乌龟立即长出了一对翅膀。你瞧，小乌龟飞起来了，地上的树在动，天上的云在跑，感觉实在太奇妙了。整整一天，小乌龟在地上跑呀跑，在空中飞呀飞，度过了愉快的一天。

　　夜幕降临了，小乌龟也累了。可是当它回到家里时，发现狐狸已经把它的家占领了。原来，狐狸在报复它，在白天的比赛中，一只小乌龟居然比狐狸跑得快。草地上的家没有了，小乌龟被赶到河里，河水真冷啊，但没了甲壳，小乌龟又不敢爬到岸上来，它要凭甲壳保护自己呀。

　　天越来越黑，黑得什么也看不见。小乌龟浑身哆嗦，它开始想念它的甲壳了。要是甲壳还在背上，既不会这么冷，还能爬到岸上去。

"神兔！神兔！"小乌龟想起了小白兔。它知道，只有求它帮忙了。

小白兔站在河边，它对小乌龟说："你只剩下半个愿望了，如果你希望重新长出甲壳来，也只能长出半个甲壳了。"

小乌龟一听，就哭起来了。背上只能有半个甲壳，那怎么行呢？它后悔了，后悔自己太傻，怎么会想到又要跑得快又要能飞呢？它说："神兔，我求求你，我现在最需要的就是得到一个完整的甲壳，恢复我原来的样子。"

小白兔说："我只能给你半个愿望了。但是你动脑筋想想，还是可以得到一个完整的甲壳的。"

小乌龟在水中游来游去，它想啊想，想了整整一夜。终于，小乌龟想出了用半个愿望能得到整个甲壳的主意。

太阳升起来了。神兔来到小乌龟身旁，小乌龟对小白兔说："我希望要两个半片甲壳跟我的旧甲壳一模一样。"小乌龟果真实现了它最后半个愿望，得到了一个漂亮的甲壳。

77

白胡子老爷爷的小屋

从前有个樵夫之家：夫妻俩和三个女儿。一天早晨，樵夫去林中砍柴，安排大女儿给他送午饭，他对妻子说："为了让她找到我，我带了一袋小米，一粒粒丢在地上。"当太阳升得老高老高时，女孩提着一罐饭菜上路了。但是父亲撒下的小米，都被麻雀啄没了。可怜的女孩迷路了。她在森林里四处寻找回家的路，找到天黑还是没找到。

一点灯光在黑夜中闪烁，小姑娘朝那灯光走去。发现是一座小

屋！她开始敲门，准备在这里过夜。一个苍老的声音说："只管进来好了。"她进了屋，看见一个白发老人坐在桌边，长长的白胡子垂到脚面；火炉边有三个小动物：一只小母鸡、一只小公鸡和一头花奶牛。女孩讲了自己的遭遇，请老人留她住一夜。

老人问："美丽的小动物，你们同意吗？"动物们齐声说："我们都同意。"老人对小姑娘说："你去准备一顿晚餐吧。"厨房里东西很丰盛，她就做了一顿很好的晚餐，但是没想到那些小动物。她端上满盘的食物，和老人一起吃了个饱，然后说："现在我累了，哪里有床，可以让我躺下睡觉呢？"

老人说："你们的床可以给她睡一睡吗？"动物们摇摇头，都不同意。

老人说："楼上有个房间，里边有两张床，你扫一扫，铺上白床单，我也要去睡的。"女孩上楼铺好自己的床，就躺下睡了，不再管老人了。过了一会儿，老人来了，用灯照照女孩，摇摇头，打开地窖的门，让她沉到地窖里去了。

再说，樵夫砍了一天柴，很晚才回家，责备妻子让他饿了一整天。妻子说："怎么，我让大女儿给你送饭去了。你没见到她吗？"第二天，樵夫让二女儿给他送午饭，他说："我带一小袋绿豆，粒比小米大，一粒粒地撒下去。"但是和昨天一样，鸟儿们又把绿豆吃了。女孩和姐姐的经历相同，也来到了白发老人的小屋。她仍然做丰盛的晚餐，同老人吃了，一点儿也没考虑到动物们，结果下场和大姐一样被沉到地窖里。

第三天，樵夫对妻子说："今天让小女儿给我送饭，她一向听话懂事，不会像姐姐那样到处乱跑。"妻子说："不，难道把我最心爱的孩子也失掉吗？"樵夫说："你放心，这孩子聪明伶俐，不会迷路的。我多带些蚕豆撒在路上，给她指路。"

可森林里的鸽子还是把蚕豆吃光了。天黑了，小女孩迷了路，只好向着灯光走去，来到白发老人的小屋。

她请求过夜，老人问："美丽的小动物，你们同意吗？"动物们齐声说："我们都同意！"女孩走进炉边，用手轻轻抚摸小母鸡和小公鸡的羽毛，又轻轻地在花奶牛两角间抓抓，然后到厨房准备晚餐。她做好汤，端到桌上，让老人先吃。她想到动物们还饿着，顾不得自己吃饭，跑到粮仓里拿了大麦，撒在小鸡面前，又抱来一大捆干草，喂给花奶牛。"你们三个可爱的小动物，好好儿吃吧，如果你们口干，还可以喝到甜滋滋的水。"说完，她提了一桶水进来给它们喝了个饱。饭后，女孩对动物们说："现在，我们都该休息了，你们同意吗？"动物们点点头，都同意了。女孩安排好动物们的睡处，又上楼把老人的床铺好。等老人睡下，她才上床睡觉。她安安静静睡到半夜，忽然被房屋的响声惊醒了。

　　小女孩睁眼一看，嘿，小屋变成了一座富丽堂皇的大宫殿！这时，有三个仆人来到小女孩的床前，恭敬地问她有什么吩咐。小女孩说："你们去吧，我马上下去给老人准备早点，还要喂那些可爱的小动物。"她朝老人的床上一看，哪里还有白胡子垂地的老人，那里分明躺着一位英俊的青年。青年醒了，对女孩说："我是一个王子，被巫婆施了巫术，变成了老人，而我的仆人们则被变成了动物。我们要想变回原来的样子，除非有一个心地善良，对人、对动物都充满爱心的女孩来到这里。如今，你解救了我们，善良的女孩，请做我的妻子吧！"从此，女孩和王子过上了幸福的生活，直到永远。

小国王比利

很久以前，有一个聪明可爱的男孩，名叫比利。在他七岁的那年，不幸得了绝症。医生悄悄告诉比利的爸爸妈妈，说比利活不过十岁生日那一天，也就是说，他在世上的时间只有三年了。比利的爸爸妈妈很伤心，特别是他妈妈，眼泪都流干了。他们常常聊起比利小时候的愿望："四岁的时候，比利渴望像小鸟一样住在树上。五岁的时候，比利听了小人鱼的故事，想去海边听美人鱼唱歌。六岁的时候，比利想当一天国王。"

"多么特别的孩子！多么美好的愿望！""为什么不让他的这些愿望变成真的呢？"于是，在比利生病的第一年，爸爸妈妈在院子里的大树的树杈上修了一个鸟巢似的房子，送给比利。第二年，爸爸妈妈带他去了海边，请来了嗓子最好的美人鱼唱比利最喜欢的歌儿。第三年，比利想当一天真正的国王这一愿望却使爸爸妈妈为难了，谁当国王毕竟是国王说了算呀！时间一天天过去了，眼看比利的身体越来越虚弱，爸爸妈妈却一点儿法子也没有。这可是比利最后一个愿望啊！

身患绝症的比利想当国王的事不久让国王知道了，他决定让比利当一天国王，因为他是一个非常仁慈的人。比利就要梦想成真了，别提他有多高兴！

这天，一辆用金子、银子、丝绸装饰起来的马车停在比利家门口。从马车上下来一个丞相打扮的人，恭敬地对比利说："尊敬的小国王，请回您的王宫处理国家大事，上车吧！"马车拉着比利进了宫殿，宫殿里华贵的陈设让小比利看得眼花缭乱。

"请坐上您的宝座，尊敬的小国王。"那个丞相打扮的人双手递上几份文件，请小比利处理。他说："国王说，这一天您的决定是算数的，国王让我当您的助手，我很乐意为您效劳！"

第一份文件是讨论王宫的围墙到底加不加高的问题。小比利偏着头想了一想，在文件的空白处工工整整写上"不加高"，然后对丞相说："王宫的围墙加高了，我们这些捉迷藏的孩子就不能翻墙躲起来了，您说是这样吗？"丞相微笑着点点头。

第二份文件讨论孩子可不可以喂养月亮上的小动物的问题。小比利眼睛一亮，很快写上：当然可以，越多越好！然后对丞相说："我要养三条月亮上的狗，您呢？"

"我也是。"丞相的回答让小比利觉得他很亲切。比利和丞相聊起天来："我的这些意见真的会照办吗？""当然啦！因为很多时候孩子说的话更接近真理。"

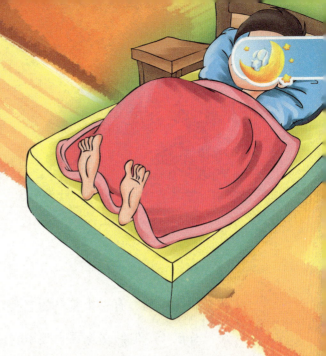

　　"您七岁的时候想干什么？"小比利突然对这位温和的丞相很感兴趣。

　　"我没有你这么伟大。我七岁的时候，我只想当一名侍卫兵，穿着铠甲，保卫国王，很神气的样子。那时候，我不知道我长大了要继承王位。"

　　"哦，您就是国王！"小比利惊讶地张大了嘴。

　　"嘘，别作声！现在您是国王，小国王比利。"丞相轻声说。

　　原来，是仁慈的国王装扮成丞相，让小比利坐在国王宝座上当了一回真正的国王。

　　这一天过得真快，当马车送比利回家的时候，爸爸妈妈看到比利一副沉浸在美梦实现的幸福之中的样子。他们完全忘记了医生的话，忘记了疾病，忘记了忧伤。没过多久，比利的病竟然奇迹般地好了起来。

豆豆变成娃娃啦

很久很久以前，有一个善良的老头儿和老太婆，他们都一百岁了，还没有孩子。他们多想要个孩子啊，老太婆甚至说，哪怕是像蚕豆那么大的孩子，他们也满足了。

有一个冬天的下午，他俩面对面地坐在桌子的两边剥蚕豆，剥着剥着，老太婆叹息说："唉！如果这些蚕豆都是孩子，该多好啊！"

老太婆的话音刚落，所有的蚕豆都变成了小孩：白蚕豆变成了男孩子，黄蚕豆变成了女孩子。这些孩子都跳出来，走到桌子上，兜圈子、翻筋斗、做游戏、打闹。有些孩子沿着桌子腿滑下来，到处奔跑，屋子里到处都是孩子们叫喊的声音：

"妈妈，我饿了！""爸爸，我渴了！"

"他打我！""她骂我！"

．．．．．．．．．．．

吵闹声把两个老人的耳朵快吵聋了。老太婆说："太吵了！太吵了！如果他们重新变成蚕豆该多好啊！"

转眼间，所有的孩子都跳进了盆子，变成了安安静静的蚕豆。晚上，吃完煮蚕豆的老头儿和老太婆准备睡了，忽然，他们听到一个细声细气的声音："爸爸妈妈，求求你们不要煮我，我想当你们的乖孩子。"

原来，一个蚕豆变的孩子因为没来得及爬进盆里，只好躲到床底下，变不回蚕豆了。两个老人很喜欢这个孩子，给他取名叫豆约翰。豆约翰是一个小男孩，身体像蚕豆那么大。他很勤快，帮助两个老人做了很多家务：锯木柴、生火、做饭、照看奶牛......

有一天，他去买东西，很有礼貌地说："请给我三个圆形的大面包。"

"谁在说话呀？怎么钱在摆动，却没有人呢？奇怪了！"面包房的老板说。

"我在这儿。"豆约翰掀开钱币的一角，面包房的老板这才发现他。老板给了他三个圆形的面包。豆约翰把面包当做游戏用的木环，一个接着一个滚着回家。看见的人都惊奇地说：

"咦？这些面包怎么会自己滚向老头儿和老太婆家里去呢？"

春耕的时节到了，老头儿到田里去耕种，豆约翰跟着去。到了田里，豆约翰让爸爸休息，他来耕地。

"你长得那么小，马儿那么大，它怎么可能听你的指挥呢？"老头儿问儿子。

"你把我放在马的耳朵里，把马鞭子放在我的手上就行了。"

于是，他开始叫喊："吁！嗬！得儿驾！"把马鞭子抽得啪啪响，马果然服服帖帖听他的指挥，很快把地耕完了。

就这样，豆约翰帮两位老人干活，和他们愉快地生活在一起。

小蜗牛丢丢

小蜗牛丢丢老爱掉东西，一会儿掉七星瓢虫玩具，一会儿蚂蚁赛车又不见了。妈妈说："当初真不该给它取名叫丢丢，这不，又丢掉了一顶新织的小黄帽，一点儿记性都没有。"丢丢掉了东西本来就难受，妈妈这么一说，它更难受了，它下决心再也不掉东西啦。

有一天，丢丢和小伙伴们去旅行，丢丢一路上提醒自己千万不要掉东西，它把玩具、食物、雨伞、墨镜……抱得紧紧的，生怕丢一件东西，行走得很慢很慢。"丢丢，你的东西都没丢吗？"小伙伴们回头对丢丢说。"当然，我全带上啦！"丢丢自豪地说。"那你的房子呢？"小伙伴们开玩笑地问。丢丢一听，着急了，赶快回家把房子背在背上，吃饭、玩耍都不敢放下，怕丢了。就这样，丢丢背着房子走得慢吞吞的，一直到现在。

公主和蛇

　　从前有一个国王，他有三个女儿。三个女儿都很美，特别是那个最小的公主贝拉，才貌出众，心地善良，人们都非常喜欢她。

　　一天，国王要外出旅行。临走前，问女儿们想要些什么礼物。大女儿说："我要一条丝绸裙和一顶丝织的帽子。"二女儿说："我要一把漂亮的阳伞。"小女儿说："我就想要一朵美丽的玫瑰花。"国王答应了女儿们的要求，启程上路了。

　　过了些日子，国王旅行回来了，带回来给女儿们的礼物。大女儿拿着丝绸裙和丝帽，二女儿拿着漂亮的阳伞，高高兴兴地走了。国王从一个精致的小盒子里拿出一朵红玫瑰，对小女儿说："爱惜这朵美丽的玫瑰花吧！它和生命一样

珍贵。"贝拉公主听后，觉得父王的话里似乎还有别的意思，便恳求父王讲一讲玫瑰花的来历。国王说："有一天，我经过一个花园，发现了这朵美丽的玫瑰花。我正要摘时，出来一条蛇。蛇问我把花带给谁，我告诉它是带给我心爱的小女儿当礼物的。听我这样说，那条蛇就把花交给了我。

不过，它有个奇怪的要求，说是一定要你到那个花园里去，否则它就活不成了。我本来不想告诉你，可又一想，它虽然是条蛇，但也是一个生命啊！"

听了这一切，小公主安慰父亲说："亲爱的父亲，您不要为我担心，我现在就去那座花园。"贝拉小公主找到了那座花园。花园里有一座精美的宫殿，但里面一个人也没有，阴森森的。天色晚了，贝拉走进一个房间。一进门，就看见一条蛇。"哎呀！"公主不觉惊叫了一声。"不要害怕，公主！"贝拉听到一个亲切柔和的声音，那声音好像多年不见的亲人在呼唤她。小公主看到那条蛇一点儿也没有伤害她的意思，就试着走近它。蛇很温顺，公主轻轻地摸了摸它。

第二天早上，公主发现餐桌上摆满了精美的早点。晚上，桌上又摆满了丰盛的晚餐。奇怪的是始终没有见到过一个人。

贝拉就这样在花园里生活了很长一段时间。时间长了，小公主想家、想父亲了，她要回家去看看。就在她准备离开的时候，那条蛇对她说："你在家可别超过三天，要不然我就会死去的。"

贝拉刚回家时还记着蛇的话，但是，在父亲身边和两个姐姐快快活活地玩了两天，就把蛇的话忘了。到了第三天晚上，贝拉猛然想起蛇的嘱咐，惊叫起来："啊呀，不好了，要出事啦！"公主急忙告别了父亲和姐姐，骑着马飞快地奔向那座花园。赶到花园时已经是深夜了。蛇呢？公主到处寻找怎么也找不到。找来找去，终于在一口枯井旁边看见了它。可怜的蛇已经死了。贝拉伤心地哭起来，后悔自己耽误时间，失约了。她越哭越伤心，眼泪扑簌扑簌掉在蛇的身上。

奇迹发生了。蛇一沾上公主的眼泪，立即变成一个英俊的王子。他深情地对贝拉说："只有你，我的未婚妻，才能拯救我，帮我解除附在我身上的魔法。我中了巫婆的魔法已经好多年了，要不是你的眼泪，我还不知要等多少年呢！"

用什么装满一间屋子

从前，有个老师教了两个学生，一个叫伯利，勤学好问，爱动脑筋；一个叫季梁，读书不专心，荒废了许多光阴。

一天，老师带他们来到一间空屋子前，对他们说："你们谁能想出一个最简单的办法，让这间空屋子装满东西。"

季梁想了许多东西，比如家具、衣裳等等，最后想到稻草。他觉得用稻草装满空屋子是最容易的，就吩咐仆人们全部出动，拖了十车稻草填满了整间房屋，可是老师只是摇摇头，什么也没有说。

轮到伯利了，只见他拿出一盏油灯，划燃火柴一点，整间屋子一下亮堂了起来，老师见了，高兴地说："真聪明，用光来装满这间屋子，这才是世间最简单的办法啊！"

爱打洞的小田鼠

田鼠住在一大片麦地里，它最爱做的事情就是打洞。这也难怪，打洞是爸爸妈妈教给它的生存本领。它住在洞里，吃在洞里，过冬的粮食也在洞里。洞里没有刺眼的阳光，也没有讨厌的噪音，对小田鼠来说是个天堂。

有一天，小田鼠在洞口的黄土堆上遇见了一只兔子，它们很快就成了好朋友。它们发现彼此都有许多相同的地方，比如：都喜欢过田园生活，都不吃肉，都很善良……就是有一点儿，小田鼠太忙了，每天忙着打洞，好像

那洞永远打不完。兔子想找它好好儿地玩
玩，田鼠却只有一点点时间，让兔子觉得
很扫兴。

这天，兔子穿过金黄的麦田，来找小田鼠玩。等了好半天，小
田鼠才出来。

"我们只能玩五分钟，我很忙。"田鼠慌慌张张地说。

"你老是在忙什么呀？"兔子觉得有些没趣。

"忙打洞。"田鼠答。

"除了打洞，就没有别的事情可做？"兔子把多次想说的话说了
出来，"你看今天天气多好啊，野花开得多美！穿过金黄的麦田时，
我多想能和你在一起分享这一切，可是，你在哪儿呢？"

田鼠愣了一下。它从来没想过打洞以外的事情，看见朋友这么
伤心，它不能不想想了。

兔子继续说："你看看，前年你打了十里长的洞，储存的粮食吃
不完发霉了，弄得洞里有股怪味，今年重新打。今年已经打了十五
里了，储存了三年的粮食，你就不想想明年粮食吃不完怎么办。你

这样活着是为了什么呀？”

"可是我怕有一天挨饿。"田鼠小声说。

"哎，你呀你，亲爱的朋友，大地年年出产粮食，这片麦田年年有收成，你担心什么呢？"兔子说得田鼠连连点头，田鼠从来没有听过这么智慧的话，因为它的父母一辈子都在打洞。

"好好到外面看看吧，享受灿烂的阳光、新鲜的空气和朋友的友谊！"兔子鼓励道。

"为什么不呢？"田鼠调皮地向兔子挤挤眼睛。

田鼠在兔子的鼓励下，走出了阴暗的鼠洞，走出祖祖辈辈俗成的生活方式，来到了广阔的田野里。

从此，金黄的麦田有两只动物生活得最快乐，一只是兔子，一只是田鼠。

放飞一只蝴蝶

河马老师刚到办公室坐下，保安狗大叔就来报告，说昨晚教室的两块窗玻璃被风刮破了。

中午，河马老师找来昨天的值日生小乌龟久久。小乌龟怯怯地说："昨晚放学的时候，教室里有两只蝴蝶，我赶来赶去，总有一只飞不出教室。我只好开着一扇窗户，好让它飞出去，跟它的伙伴们去玩。想不到会被大风刮破玻璃……"小乌龟久久几乎落泪地嗫嚅着说，"回去我告诉妈妈赔这两块玻璃"。

河马老师摸着久久的头安慰说："不用了，去玩吧。"

后来，河马老师去了财务室："请在我下个月工资中扣两块玻璃的钱。"

这是河马老师很乐意付的一笔钱。

长颈鹿找工作

长颈鹿从非洲草原的动物学校毕业后，来到大城市找工作。

长颈鹿找到的第一份工作是开出租车。可是，它的脖子太长了，没办法放进车里，只好在车顶上凿开一个大洞，让脖子从洞里伸出去。长颈鹿感到舒展极了，拉着第一个乘客在街上狂奔。街上行人看见这辆出租车顶上长了一个长颈鹿的头和脖子，觉得很奇怪，纷纷跑过来想看看究竟是怎么回事，弄得交通堵塞了。大象交警开着摩托警车过来，给了长颈鹿一张罚款单。

长颈鹿找到的第二份工作是当售货员。可是，它的个子太高了，

遇到个子矮小的小动物，如小白兔、小乌龟、小松鼠到它这儿买东西，它老听错买什么。小白兔说买牙膏，它拿成牙刷；小乌龟说买盐，它拿成烟；小松鼠说买松果，它却拿成糖果，闹了很多笑话。商店经理只好请它走了。

长颈鹿有些灰心了，它自言自语地说："难道我长得高，就什么工作都做不好吗？"它苦恼地在这座城市里整天游荡。

有一天，长颈鹿经过一个幼儿园，一群小孩儿看见平常只在电视里才出现的长颈鹿，惊喜地叫道："看啊，是真的长颈鹿！多美多高啊！"孩子们仰着小脸看它，用小手拍着它的腿。孩子们对它的喜爱让它流下了眼泪。它深深地低下头去亲了亲最小的孩子，其他孩子顺势把它的脖子当滑梯玩。长颈鹿一动也不动，好让孩子们爬上又滑下，滑下又爬上。

长颈鹿带领孩子们唱起歌来："上上上，上滑梯，一个个，笑嘻嘻。呼地一声滑下来，好像鸟儿飞呀飞。"

长颈鹿带着孩子们拉起圆圈跳起非洲舞来："嘭嘭嘭，嘭嘭嘭，嘭嘭嘭嘭嘭嘭嘭。"

长颈鹿带着孩子们做游戏：“小手拍拍，一二一，小脚跳跳，一二一。”

　　孩子们玩得满头大汗脸蛋儿红嘟嘟的，幼儿园热闹极了。幼儿园的园长阿姨听见笑声和歌声跑出来，对长颈鹿说：“我从来没见过像你这样对孩子这么友好的动物！前天来了一只猴子，带着孩子们东爬西跳，有两个孩子摔伤了；昨天来了一只熊，孩子们很喜欢它，可是它不愿意和孩子们玩，只管自己懒洋洋地睡大觉。如果你愿意，请留下来当孩子们的老师吧！你能带他们做最有趣的游戏，还能教他们跳最快乐的非洲舞蹈，教他们说你们非洲草原的话。我们的幼儿园不就成了双语幼儿园吗？！”

　　“我愿意！”长颈鹿眼里闪着泪光。就这样，长颈鹿找到一份最适合它的工作，它从工作中找到了很多很多乐趣。三年后，长颈鹿想念它的非洲草原了，它回家乡办了一所小孩和小动物们最喜欢上的幼儿园。

小泥猪干净啦

小猪贝贝的模样可逗啦！细细的小眼睛，短短的圆嘴，圆滚滚的小肚皮，整天嘻嘻哈哈，无忧无虑。它什么都好，就是不爱干净，最喜欢到泥塘里去玩，滚得一身脏泥。玩累了回家倒头就呼呼大睡，把家里弄得又脏又乱，那些本来很喜欢它的小猪朋友不敢与它在一起，看见它就躲得远远的；它去找大家玩，大家一见它就一溜烟地跑了。路过它家门的朋友，都用手掩住嘴巴。大家都叫它"小泥猪贝贝"。

小泥猪贝贝的隔壁住着爱花的小猪乐乐。这年春天，乐乐家花园里开满了鲜花，它给每家都送了一束鲜花。

　　小泥猪贝贝也得到了一束。用什么东西插这些花呢？该插在家里什么地方呢？家里太脏了，放在什么地方都会弄脏美丽的鲜花。小泥猪贝贝东翻西翻，从床底下拉出一只好久没穿的长靴子，擦洗干净，插上鲜花，放在桌上，还真像造型独特的花瓶！可是，桌子太脏了，又是泥巴又是灰尘，小泥猪贝贝赶紧擦干净桌子。洁净的桌子上放着一束怒放的鲜花，家里似乎有些变样了。

　　这时候，小泥猪贝贝发现地板、小床太脏了。小猪贝贝实在看不惯，提来一大桶水，开始清地板、洗床单。地板洗干净了，开窗开门让风吹一吹；床单洗干净了，拿到太阳底下晒一晒。太阳还没落山，地板吹干了，床单晒干了。

　　家里完全变样了，乐乐送来的鲜花开得更美丽了。

　　小泥猪贝贝凑上短短的圆嘴眯着小眼睛想亲吻那束美丽的鲜花，可花儿却左右躲它——它实在是太脏了，衣服是什么颜色谁也认不出来，脸上、身上的泥巴浆左一撇右一撇的。小泥猪第一次感到难为情，脸羞红了——当然，谁也看不出它的脸红了。

小泥猪跳进家门前一条清清的小河里，洗起澡来。真舒服！原来洗澡会这么快乐！小泥猪贝贝，不，小猪贝贝哼唱起歌来："啦啦啦，啦啦啦，河水清清哗啦啦。洗脸洗脚洗肚皮，小小泥猪干净啦！"洗完澡，小猪贝贝来不及擦干净身上的水珠，兴冲冲地跑回家，花儿再也不躲它了。

从此以后，小猪贝贝家里散发出阳光、花儿的味道，再没有听见有人叫"小泥猪贝贝"了。它经常邀请朋友们到家里唱歌跳舞，风儿把它们的歌声和笑声带到很远很远的地方。谁也不能不相信，一束鲜花把我们的贝贝从"小泥猪贝贝"变成了"小猪贝贝"。可见，有时候事情就这么简单！

念经的猫

传说，在很久以前，寺庙里有一只猫，脾气非常好，总是笑呵呵的。每天一早，猫都会去附近的一间亭子里念经。

开始，老鼠们都很害怕猫，一见到它就立刻躲起来。可时间一长，老鼠发现猫对它们并没有敌意。每次，它从老鼠身边走过的时候，连看也不看一眼，径直就走开了。于是，老鼠们的胆子越来越大，经常跑到它念经的亭子里围着它看。

一天，一只大个头的老鼠问猫："你为什么不抓我们呢？"猫笑了笑说："我们都是大自然的孩子，为什么要互相残杀呢？"老鼠们

听了，都很佩服猫的智慧，没想到猫能领悟出这样高深的道理来。

于是，到亭子里听经的老鼠越来越多了。

日子久了，猫对那些学听经的老鼠说："我看你们这么心诚，干脆我教你们如何消除灾难吧。"老鼠们听了，高兴极了，纷纷跪在猫的面前，拜猫为大师。但猫立了一条规矩：在念经的时候，老鼠们必须闭上眼睛。这样经才能灵验。

就这样，老鼠围坐在猫的周围，开始有模有样地念起经来。可有一只老鼠却发现：每天去念经的老鼠，回来的时候总要少一只。为了搞清楚，这只老鼠在一次念经的时候，悄悄睁开了眼睛，它发现猫根本不在自己的位置上念经，而是将一只老鼠咬住使劲往肚子里吞呢。

面包房里的猫

　　熊太太开了一家面包房，她烤的面包又香又软，城里的人都爱吃。熊太太家收养了一只流浪猫，名叫邦尼。它们俩的感情可深啦！每次熊太太讲起邦尼流浪时受的苦，就抱着它泪汪汪的；邦尼呢，为了回报熊太太给它家庭温暖，每天勤奋地捉老鼠。城里的其他面包房卖出去的面包时不时有老鼠屎，熊太太家的面包房卖出去的面包从来没有，让大家吃得很放心。

　　有一天，邦尼追一只老鼠跑得很远很远，天下雨了，等它跑回家时浑身淋得湿透，还一连打了九个喷嚏。熊太太心疼极了，赶紧把它抱到暖和的火炉边，给它喝热热的牛奶。熊太太怕牛奶不够，在牛奶里加了一点儿酵母。等邦尼喝了牛奶，全身暖和了，熊太太才放心去睡。

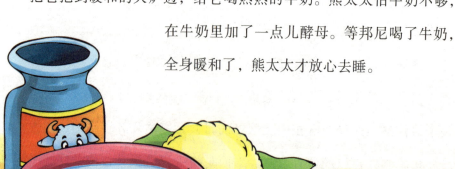

谁也没想到，就在邦尼做梦的时候，那点酵母在它身体里一点点发酵，它的身体开始膨胀：起初像一条狗，然后像一头猪，最后像一匹马。

　　第二天，熊太太一看见大得像马一样的邦尼，吓得尖叫了一声"啊——"，城里人都跑过来看发生了什么事情。他们一看见邦尼，也吓得乱成一团。

　　城里人把邦尼赶到城外去了。

　　熊太太照常做她的面包，当她把一点儿酵母放进面粉里，看着面团胀大时，她一下明白了邦尼为什么变大了。熊太太不停地给城里的人讲："邦尼是冤枉的，它是吃了我给它的酵母才变大的。邦尼是只温和可爱的猫，它离开我可怎么办呀？"
可是，没人敢让邦尼回来。

　　自从邦尼走后，熊太太家老鼠多起来了，她卖出的面包里老是有老鼠屎；熊太太每天想念邦尼，面包不是烤焦了，就是没烤熟。城里人再也吃不到可口的面包了。

再说邦尼呢，除了想念熊太太时难受外，整天在郊外过得自由自在。它长得更大了，像一头大象。地里的田鼠很多，足够他享用；河里鱼很多，逮也逮不完。

有一年，邻国的国王带着军队准备攻打熊太太所在的城市，城里的人听到这个消息紧张得要命，他们没有一个人打过仗，也没有哪家储备过武器。国王的军队逼近城了，一个军官一眼看见在河边吃鱼的邦尼。

"天哪！这个城市的猫大得像大象，人不知大得像什么！一定是个巨人城！"国王听了军官的汇报，得出了这个结论。他们赶紧掉头回去了。

城里人在城墙上看到这一情景，都很感激邦尼救了他们。他们打开城门，请邦尼回去。还做了一个很大的金奖章，挂在邦尼脖子上，上面写着：我们爱大邦尼！

熊太太看见邦尼回来了，高兴得直抹眼泪，跑上前去拥抱邦尼，可是邦尼太大了，结果是邦尼把熊太太抱在怀里。

自私的小蜗牛

很早很早以前，小蜗牛走路像蟑螂一样快。可现在呢，慢腾腾的，背着一个蜗牛壳，半天爬不出一寸远，这是怎么回事呢？

事情是这样的：

一天，突然下大雨了，来不及躲雨的蝴蝶、蜜蜂、毛毛虫都淋得一身透湿，蜗牛赶紧爬进自己的家，把头一缩，躲在屋里睡大觉。

大雨把一只蜻蜓打落在蜗牛家门口，蜻蜓哀求说："好兄弟，让我进屋躲一躲吧，大雨快把我淹死了。"小蜗牛伸出两根触角，不高

兴地说："我的屋子我自己住，快走开，我还要睡觉呢？"蜻蜓只好走开，它刚刚张开翅膀，一阵好大好大的雨，把它打伤在水中。

一只可爱的白蝴蝶，它的翅膀给雨淋坏了，挣扎着在小蜗牛的门外喊："好朋友，雨太大了，开开门吧，我快淋死了！"小蜗牛蒙着被子，爱理不理地说："你自己想法子吧，我的屋子就这么大，你进来了我可怎么办？"白蝴蝶一听，伤心极了，一头冲进大雨里。

一只红蚂蚁在水面上漂着，经过小蜗牛的家，蚂蚁一把拉住蜗牛的门环，气喘吁吁地哀求说："蜗牛哥哥，让我进屋躲一躲吧，大雨要把我冲走了。"蜗牛慢腾腾地伸出两根触角，粗声粗气地说："我的屋子谁也不让进，快滚开。"红蚂蚁只好走了，刚一松手，就被哗啦啦的大雨冲到河里去了。

最后，一只出去采花蜜的小蜜蜂也被暴风雨吹落在小蜗牛的屋檐下，它用湿淋淋的小翅膀拍打着窗户哭着说："我的身体小，占不了多大的地方，蜗牛大哥，你就让我进屋在您的窗户下避避雨吧！

明天我会拿最香甜的花蜜来感谢您的。"蜗牛"唰"地一声拉上了厚厚的窗帘，不耐烦地吼道："别再嚷嚷了，谁也不许进，我的好梦全被你们打搅了！"

雨停了，太阳公公笑嘻嘻地露出了脸，小蜗牛伸了伸懒腰，摸摸肚子："噢，好饿。"它走出屋子，想去找点吃的，走了两步，回头看看自己的房子："啊，好漂亮的屋子呀，还有一圈圈的花纹。"小蜗牛心想："哼，就是我有这么漂亮的房子，所以那些家伙想占用，要是我出去找吃的，它们会不会悄悄住进来呢，不行，还是把房子背在背上保险一点儿。"

就这样，自私的小蜗牛不管到哪儿；不管是晴天雨天，都把房子背在身上，压得它气喘吁吁，半天走不了一寸远，成了一只行动最慢的动物。

快乐在哪里

　　小兔罗卡在家里总是闷闷不乐，妈妈对它说："好孩子，别闷在家里，快出门去寻找快乐吧！"小兔罗卡忙问："'快乐'在哪里呢？"妈妈神秘地笑着说："你找到它就知道了。"

　　小兔罗卡跑出家门，放眼一看，没看见"快乐"，只看见一只乌龟在草坡上爬呀爬，爬上去又滚下来，滚下来又爬上去，非常快乐。过了一会儿，它又看见小乌龟滚下来，四脚朝天，挣扎了很久翻不过身来，急得大叫。小兔罗

卡跑过去帮助小乌龟翻过身来，小乌龟对他说"谢谢"，然后和它一起在草坡上玩，滚得一身青草的清香味。

"再见，小乌龟，我要寻找'快乐'去啦！"罗卡没忘记出门的目的，继续往前走。它感到心里轻松多了。

小兔罗卡走进一片树林里，看见小猴吊在一棵树枝上荡来荡去，像个体操运动员，突然，树枝断了。就在小猴快落地的时候，小兔罗卡眼疾手快接住了它。小猴向它说"谢谢"。它们又叫来小马、小熊、小猪一起玩捉迷藏的游戏，树林外很远的地方都听得见它们开心的笑声和嬉闹声。

天黑了，小兔罗卡回家了。妈妈问："罗卡，你找到快乐了吗？"罗卡摇摇头："没有。"不过它给妈妈讲起了帮助小乌龟、小猴和与许多小动物做游戏的事儿。妈妈把它带到一面大镜子前，说："孩子，你已经把'快乐'带回家了！"罗卡奇怪地说："我怎么没见到呢？"

妈妈说："你看你的脸蛋，快乐得红扑扑的；你看你的眼睛，快乐得亮晶晶的。快乐就藏在你的心底啊！"

小兔罗卡跳起来："我找到快乐啦！"

旋风的礼物

从前有一对贫穷的老夫妻，他们除了一筐黑麦，什么东西都没有。老太婆叫老头儿把那筐黑麦拿到磨坊去磨成面粉，好做面包吃。

老头儿磨好面粉往回走。一想到面粉可以烤出又香又软的面包，老头儿心里乐开了花。

"呼——"一阵旋风刮来，筐里的面粉全被吹走了。

老头儿跟着旋风追，追到一片茂密的森林里。

"嘿，您到这儿来有什么事情吗？"一个走路没有声音的老婆婆出现在他面前问道。

"我是来找旋风的，它把我的面粉吹走了。"

老婆婆刚走，一阵强劲的风吹来了，打着旋儿，眨眼间，变成一个壮实的小伙子。那小伙子倒也豪爽，大声地对老头儿说：

"我妈说我把你的面粉吹走了，找不回来了，我送给你一件珍贵的礼物作为补偿吧！"说着，小伙子给了他一块桌布。

"我拿桌布干吗？"老头儿看着那块看起来很普通的桌布不解地问。

"这是我出生时一位仙女送给我的礼物。你可别小看它。你需要什么，只要念一句：'桌布，桌布，铺好吧！'就行啦。"

老头儿欢欢喜喜地把桌布带回家，对老太婆说："我们不会再挨饿了，你看，我们有块神奇的桌布！"老头儿把事情的经过讲给老太婆听，然后把桌布拿出来，说："桌布，桌布，铺好吧！给我们面包和牛奶。"

桌布自动铺好后，两份新鲜的面包和牛奶立刻出现在桌布上。从此，老夫妻俩不再挨饿了。

他们的邻居是个坏女人，无意中发现了这个秘密，就趁他们睡觉的时候偷走了桌布，可她把咒语的最后一句"铺好吧"错记成了"都来吧"。

坏女人大声对桌布说："桌布，桌布，都来吧！我要金银财宝、马车和宫殿。"

桌布自动铺好了，出来一个壮实的小伙子，他变成一阵旋风，把坏女人卷走了。

这一年圣诞节，老夫妻俩收到一件特别的礼物——一块桌布，正是被坏女人偷走的那块。

从此以后，他们什么也不缺，过着无忧无虑的生活。

金鹿

　　从前，有一对勤劳的夫妇，靠种地为生。他们有两个儿子，一个叫李虎，一个叫李豹。

　　有一年天遇大旱，田地得不到雨水的滋润，庄稼全死了。年老的夫妇每天祈求降雨，雨还是没降下来。他们听说在九十九座山的那边，有一头金鹿会降雨，就派两个儿子每人佩上一把剑出发去寻找金鹿了。李虎、李豹翻过了三十三座山，脚底都磨起泡了。李豹说："哥，回去吧，太苦了，再翻六十六座山，还不一定找得到呢！"

　　"要坚持啊！"李虎鼓励弟弟。他们来到一个岔路口，路口上有一个木牌，上面写道：东面荆棘路西面金银路。李豹抢先说："我走

西边，你走东边！"李虎同意了。

李豹走了一二里，一条铺满金银的路出现在他面前。"金子！银子！我发财了，哈哈！"李豹拾了许多金子银子，装了满满一口袋，又把裤管下端扎紧，装满两裤管。沉甸甸的金子银子拖得他走得很慢很慢，他口渴，嗓子冒烟，可是这条路除了金子银子，一滴水也没有。

再说李虎呢，他踏上了一条艰辛的路，一会儿是悬崖，一会儿是大河。他刚攀上悬崖，一只猛虎就扑向了他。李虎拿出短剑刺进老虎的咽喉，老虎死了。他刚过一条河，一条巨蟒张开血盆大口正等着猎物。李虎把剑尖对准大蟒的心脏部位，用力刺去，巨蟒死了。李虎从大蟒身上踏过去。李虎自己也不知道走了多久，终于翻过了第九十九座大山。一片青草地出现在勇敢的李虎面前，一只金鹿正眨巴着大眼睛看着他，还开口说话："你们那儿遭旱灾了吧！我跟你去降雨吧！"

李虎骑在金鹿身上回到家乡。

金鹿对着天空长鸣三声，第一声：乌云密布，第二声：电闪雷鸣，第三声：一场大雨降了下来。灾难过去了。

不久，人们在那条布满金银的路上发现了李豹，他已经死了，他是渴死的。人们还发现，他双手紧抓住金子银子，两条裤管里塞满沉甸甸的金银财宝。

骑龙的孩子

传说，在深深的大山里面住着一条会喷水的龙。那条龙长得可真威风呀！它的眼睛炯炯放光，嘴角一直咧到耳朵。它一旦飞起来，就会下起倾盆大雨。人们听了这样的传说，都害怕极了。只有一个小男孩不害怕，他从小就特别爱听大人们讲龙的故事，还问个没完。这个男孩总是说："你们都没见过龙，怎么知道龙可怕呢？总有一天，我要亲自去拜访它！"时间一天天过去了，转眼小男孩已经七岁了。那一年，村子遇到了大旱，庄稼全都要枯死了。"是时候了，我要去拜访龙了！"小男孩对自己说。第二天一早，他就独自上了山。

小男孩好不容易爬到了山顶，可龙在哪里呢？他一边俯视着峡谷，一边使出全身力气大喊着："龙，你在哪里呀？"

这个时候，藏在洞里的龙正在睡觉呢。它听到有人在叫自己，马上睁开眼睛，问道："是谁在叫我？"孩子回答说："是我呀，我想看看你飞翔的样子！"龙从洞里慢吞吞地爬出来，说："你想看我飞翔吗？我带你一起飞翔吧！"等孩子爬到自己的背上，龙腾空而起。它经过的地方都下起了倾盆大雨，庄稼得救了。

小男孩又回到了自己的小村庄里，谁也不知道，他曾经骑过龙呢！

小鸡过河

两只小鸡去外面玩，一条小河沟挡住了它们的去路。正在河沟边喝水的长颈鹿看见了，它把长长的脖子架在河上，让两只小鸡从自己的脖子上走过去。小鸡说："谢谢你，河沟不宽，我们俩自己能过去。"一只正在啄小虾的小鸭子游过来，说："我做你们的小船吧！"小鸡说："谢谢你，河沟不宽，我们俩自己能过去。"

两只小鸡衔来树枝，搭了一座树枝桥，一蹦一跳地过了小河沟。它们高兴地唱道："叽叽叽，叽叽叽。衔来小树枝，自己搭座桥，走过小河沟。"它们又高高兴兴地向前走去。